悪役令嬢に転生したはずが、主人公よりも溺愛されてるみたいです

Akuyakureeijyo ni tensei shitahazuga shujinkou yorimo dekiai sareteru mitaidesu

presented by Nana

菜々

Illust 茶乃ひなの

3

Contents

一章

あのことを暴露しますね

episode.01

王宮の一室。

一人掛けの柔らかなソファに座り、花の香りのする甘い紅茶を口に含む。小さな丸いテーブルには、フルーツケーキやジャムの挟まったクッキーが並べられている。

まるでこれからお茶会でも開けそうな明るい室内だけど、私は今、事情聴取を受けている真っ最中だ。

「はい。確認は以上でございます」

調査官にそう言われ、ふぅ……とため息が出てしまった。誘拐されてから救出されるまでに起きた出来事を、全て話し終わったのだ。

サラの協力のもと、窃盗団が私を神殿から連れ去ったこと。

檻に入れられたあと、サラも裏切られて一緒に檻に入れられてしまったこと。

鍵がかかっていないことに気づき、檻から逃げ出したこと。

捕まりそうになった時、カイザが助けてくれたこと。

主犯の男が、リクトール公爵だってこと――。

はぁ……かなりの長丁場だったわね。さすがに疲れたわ。抜けがないように、しっかり思い出しながら話さなきゃいけなかったし……。

とはいえ、ここはドラマでよく見る殺風景な取調べ室なんかじゃない。硬いパイプ椅子もないし、威圧感のすごい取調べ官もいない。

目の前に座っているのは、おっとりした優しい調査官だけである。

こんなに恵まれた環境の中で取り調べを受けてる人なんて、私くらいじゃない？

緊張感なんて皆無の、ほのぼのとした空間。

ありがたいはずなのに、なぜか不安になってくる。

私、こんなにゆっくりしてていいの⁉　まぁ一応容疑者ではなく被害者になるわけだから、いい……のか？

んー……でも、こんなのんびりしている場合ではないような……。

王宮に到着するなり、ルイード皇子は私を客室へと案内した。

部屋の中に四人、部屋の入口に二人、そして窓から見える外にも数人、王宮の護衛騎士が立っている。

誘拐の件を気にしているのか、かなり厳重な警備態勢だ。

ルイード皇子は部屋の警備を確認し、調査官を紹介したあとは姿を見せない。調査官やメイドの話によると、かなり忙しくしているらしい。

ルイード様は、リクトール公爵やサラの調書を取るため忙しなく動いてる。エリックはワムルと一緒に密輸や港湾の調査をしてるし、カイザは大神官を捕まえるためにグリモール神殿へ、イクスはJを王宮に連れてこようと、今頃走り回っているはず。

なのに、私だけこんなにのんびりしていていいの⁉　……と言っても、私に手伝えることは何もないんだけど。

罪悪感と自身の情けなさに少し落ち込んでいると、部屋の扉をノックされた。

コンコンコン
「リディア。俺だ。入ってもいいか？」

「ルイード様！　もちろんです」

入口に待機していた騎士がゆっくり扉を開けると、少し疲れた様子のルイード皇子が部屋に入ってきた。

「調書取るのに、だいぶ時間がかかっただろう？　体調は大丈夫？」

自分のほうが疲れているはずなのに、先に私の心配をしてくれる皇子の優しさに心が温かくなる。

さすが、ピュア天使皇子！　なんて優しいの！

「私は平気です。私よりもルイード様のほうが……」

「俺は大丈夫だ。それより、少し話をしてもいいか？」

「はい」

ルイード皇子は私と向かい合わせになるように椅子に腰かけると、一枚の紙を取り出した。

「これは……？」

「リクトール公爵が持っていた、サラ令嬢と窃盗団の取引契約書だ。巫女の誘拐についての内容が書いてある」

誘拐についての取引契約書!?　あ……もしかして、あの図書館みたいな部屋でリクトール公爵が持っていた紙ってこれ？　たしか、あの時サラは――。

「サラは窃盗団とは取引していないと言っていました。取引した相手は、グリモール神殿の大神官だと」

「我々にも、サラ令嬢はそう証言している。この契約書も、窃盗団とではなく大神官と結んだものだと。どうやら、この紙に書いてある内容をよく読まずにサインしてしまったみたいだね」

ええっ!? 何それ!? アホか！

たしかにこの紙に書いてある文字は小さくて読みにくいけど、だからって取引相手の名前くらいは確認するでしょ！ というか、普通一緒に誘拐しましょうなんて内容の書面にサインなんてする!?

契約書には、サラと窃盗団の名前しか書いていない。

リクトール公爵や大神官の名前は載っていないのだから、もしこの契約書が本物扱いされたら二人の罪を証明するのが難しくなってしまう。

もう！ 何やってんのよサラってば！

あ。でも、サラと同じように窃盗団だって騙されたってことよね!? そっちから不正を暴けないかしら？

「ルイード様。それなら、窃盗団の人達にも身に覚えがないんじゃないですか？ サラと直接取引をしたのか、窃盗団の頭《かしら》やってる人に聞けば誤解が解けるかも……」

「それが、あの中に頭はいないんだ。頭どころか幹部のような連中すらいない。あの場にいた奴らは、全員下っぱの団員だけだった。リクトール公爵のうまい話にのって、幹部達には言わずに勝手に行動したらしい」

ルイード皇子は悔しそうに顔を歪めると、テーブルの上に置いてある契約書を睨んだ。

あの人達も、契約書をよく確認しないままサインしちゃったのね……。

言われてみれば、やけに若い男ばかりだったし、巫女の呪いにビビって檻の鍵をかけ忘れたりと失態も多かった。あれが隣国の窃盗団の上層部ではないと聞いて妙に納得してしまう。

「リクトール公爵は、最初からサラ令嬢と窃盗団の下っぱ達に罪を着せる予定だった。彼の調書は、『サラ令嬢が首謀者』という主張のみだ。どうやっても、彼女を首謀者として仕立てあげるつもりらしい」

「そんな……！」

たしかに、私にとってはサラも首謀者の一人ではあるけど！　しっかりと罪を償ってほしいけど！

でも、だからってサラ一人に罪を着せようとするのは許せない！

黒幕のリクトール公爵はもちろん、巫女を裏切った大神官も絶対に捕まえたい！

もう！　サラも窃盗団の奴らも、みんな何やってんのよ。こんな詐欺に引っかかるなんて!!

でも、今さら文句を言ったところで状況は何も変わらない。

なんとかして、黒幕の二人を裁く方法を考えなくちゃ！

◆J視点

「ただいま～」

数日ぶりに帰ってきた自分の店。オープン前の静かな店内では、マリが一人で開店準備をしていた。

「あら、おかえりなさい。お疲れのようね」

「そりゃあ、グリモールは遠いからね。馬車に乗り続けて、身体がボロボロさ！」

腰を押さえてわざとらしくヨボヨボ歩くと、マリがクスクス笑いながら水を出してくれる。

「それで？　巫女様は無事に救出できたの？」

「ああ。兄や騎士達に助けられたのを見届けてから帰ってきたよ」

「そう。よかったわね」

マリは僕のために、鍋に入ったスープを温め直している。本当に気の利く女性だ。

「ところで、君に一つ聞きたいことがあるんだけど」

「あら。何かしら？」

何？　と聞いているにもかかわらず、マリはすでに何を聞かれるのかわかっている様子だ。ニコリと微笑むその顔は、子どもをからかう母親のように見える。

全然悪びれてはいないようだね。まぁ、いいけど。

「マーデルの正体がリクトール公爵だと、なぜ黙っていたんだい？」

「…………」

「屋敷の周りにいた騎士達の話を聞いて、驚いたよ。まさか、彼が公爵家の人間だったなんてね！　リクトール公爵の名前は有名だけど、彼はあまり表に出ないから顔を知らなかった。でも……君はもちろん知っていたんだろう？」

マリはニコニコ笑いながら僕の話を聞いている。正直、彼女が何を考えているのかさっぱりわからない。女心は難しいというが、マリの心を読める男なんていないんじゃないか？

「おもしろそうだったからよ」

「おもしろそう……だって？」

意外な答えに一瞬ギョッとした後、ははは っと笑い出してしまう。

「なるほどね！　女の気まぐれってやつかい？　でもさぁ、もちろんこの分の穴埋めは用意されているんだろうね？」

「穴埋め？」

マリはわざとらしくとぼけたフリをして、僕の目の前に温まったスープを出した。マリの作るオニオンと卵のスープは絶品だ。それを口にしながら、僕は話を続ける。

「僕が今まで集めていた証拠は、なんの意味ももたなくなってしまった。相手が公爵家となれば、僕みたいな平民の主張なんて裁判では無視されるだけさ。そうだろ？」

「そうね」

「君はそれを知っていて、僕に言わなかった。相手が公爵家と知っていたなら、別の切り口で他の証拠や情報を集めなきゃいけなかったというのに」

「…………」

「でも君は、悪ふざけはしても本気で僕の足を引っ張ったりなんかしない。こんなギリギリまで黙っていたということは、実はもう用意してあるんじゃないのかい？　公爵家が相手でもなんとかなる――そんな情報が」

口を閉じたまま微笑んでいたマリの肩が、急にプルプルと震え出す。そして、我慢の限界がきたかのように豪快に笑い出した。

「あはははっ！　ピンポーーン!!　大正解っ！　Jの、そのやられた〜って顔が見たかったのよ〜」

「はぁ……まったくいい趣味してるよね。そのためだけに、リクトール公爵の情報を一人で集めたワケ？」

「そうよ〜！　普段余裕な顔してるJを、少しでも焦らせてみたいじゃない？」

女って本当に謎すぎるなぁ……。そんなの見て、何が楽しいんだか……。

マリに呆れながらも残りのスープを飲んでいると、突然店の扉が開いた音がした。まだ開店時間ではないはずだが、誰か来たのだろうか。

扉のほうを振り返ると、そこには見知った人物が立っていた。

「騎士くん!!」

「はぁ……はぁ……。やっぱりここにいたか」

リディの護衛騎士であるイクス卿だ。随分と疲れている様子で、ヨロヨロと歩きながらカウンターに座っている僕の隣にやって来た。目の下にはクマができている。

マリが水とスープを彼に差し出した。

「どうぞ」

「あ……ありがとうございます」

騎士くんはお礼を言うなり、水を一気に飲み干した。空のコップをコン！　とカウンターに置くと、憎しみのこもった目でジロッと睨んでくる。

「なんって勝手に帰ってるんだ⁉　お前は一応情報提供者だろ⁉　来い‼　すぐ王宮へ行くぞ‼」

グイッと腕を掴まれたので、慌ててそれを振りほどく。

「ちょ、ちょっと待って待って！　なんで僕が王宮に行かなきゃいけないのさ！」

「お前は、リクトール公爵がリディア様の誘拐を企てたのを知っていた。何か証拠を持っているんだろ⁉　それを出せ！」

「無理だよ。僕が出したところで、証拠品として扱ってはもらえないよ」

「は？　なんでだよ」

「僕が平民だからさ！　貴族――しかも公爵家の裁判では、平民の主張なんてなんの証拠にもならないのは知ってるだろ？」

「……！」

騎士くんは何か思い当たる節があるのか、ハッとして動きを止めた。

公爵家の関わる裁判の場合、貴族であっても一六歳以下の子どもの意見は通らない。それくらい厳しいのだから、平民の意見が通るわけがない。

マリの持っている情報によっては、何か突破口になるかもしれないけど……僕はまだそれを確認していないし、今は黙ってるか。

「まぁまぁ。とりあえず、スープを飲みなよ。君、ほぼ飲まず食わずで移動してきたんだろ？　顔が疲れきってるよ！」

立っていた騎士くんの背中をさすり、僕の隣の席に座らせる。お腹をすかせている者同士、ゆっくり食べながら話そうじゃないか。

「……証拠については、また後で考える。とりあえず、お前が知っている情報は教えてほしい。王宮で調書を取らせてくれ」

「さっきから、王宮、王宮言ってるけどさ。僕は平民だよ？　そんな簡単に王宮へは行けないんですけど……」

スープを飲みながら会話している僕らを、カウンター越しにマリがニコニコしながら見守っている。

「それについては問題ない。ルイード様の許可をいただいているからな」

「皇子の許可だって!?　僕の存在を知ってるってことかい？」

「ああ。リディア様と俺の友人ということになっている。頼むよ、Ｊくん」

「ぶふぉっ!!」

騎士くんからのＪくん呼びに、思わずスープを噴き出してしまった。腕にはもれなく鳥肌がバッチリと立っている。

「きったねーな！　何やってんだよ、Ｊくん！」

「……そのＪくん呼び、やめてくれないかな？」

「あ？　クソ兎呼びに文句言ってただろ？　ちゃんと丁寧に呼んでやってんじゃねーか」

「クソ兎のがまだマシだよ……」

カウンターの奥では、マリが爆笑していた。立っていられないのか、うずくまった状態で腹を抱え

て笑っている。こんなに笑っている姿は初めて見たかもしれない。

ひとしきり笑ったあと、マリが大きな封筒を差し出してきた。まだ肩が小刻みに震えているし、目には涙がたまっている。

「ふふ……ふっ……こ、これ……例のやつよ……ふふふ……」

マリは僕の困った顔を見るのがツボらしい。楽しいなら何よりだが、少し複雑でもある。とりあえず笑いの止まらないマリは放っておいて、渡された封筒の中身を確認することにした。

「……これは！」

「ふふっ……その情報なら、平民だろうと関係ないでしょ？」

「ああ、そうだね。ありがとう」

たしかにこの情報なら、平民でも問題ないかもしれない。王宮側の人間が僕のことを信用してくれればの話だけど。

僕とマリのやり取りを見ていた騎士くんが、期待を込めた目で訴えてくる。

「……それは、リクトール公爵を潰せる証拠か？」

「これだけじゃまだ証拠にはならないけど、なんとかなるかもしれないよ」

騎士くんが安心したようにホッと一息つく。どうやら、リクトール公爵を追いつめられるだけの証拠を、王宮側は持っていないらしい。わざわざ王宮に呼ぶほど僕の証言を求めているなんて、状況はかなり厳しいのだろう。

まぁ僕としても、ここでリクトール公爵に逃げられては意味がない。確実に捕まえてもらわないとね！　リディのためにも、もう一肌脱ぐとしますか！

「じゃあ、仕方ないから王宮へ出向きますか～」

「俺のトモダチ、Ｊくんとしてな」

「……だからＪくんはやめて」

腕にプツプツできた鳥肌をさすりながら、僕達は立ち上がった。

◆

証拠もない状況で、どうやってリクトール公爵と大神官を捕まえればいいのかしら？　どうしたら、罪に問うことができる？

そんなことを考えていると、突然ノックの音が響いた。

コンコンコン
お互い考えこんでいたルイード皇子と目が合い、皇子の執事の声が届く。

「失礼いたします。リディア様の護衛騎士、イクス卿が到着いたしました。こちらにお通ししてもよろしいでしょうか」

「通せ」

ルイード皇子が返事をすると、イクスとＪが部屋に入ってきた。Ｊは私と目が合うと、ニコッと笑顔を向けてくる。

Ｊ！　来てくれたのね。よかった！

イクスが一歩前に出て、皇子にＪを紹介する。

「戻りました。この者がリディア様のご友人、Ｊ……もとい、ジェイクです」

「初めてお目にかかります。ルイード殿下」

Ｊがペコリとお辞儀をした。

ジェイク……？　あっ、そうか！　王宮に入るのに、本名を隠すわけにはいかないものね。Ｊの本名はジェイクっていうのか……。まさか、このタイミングで本名を知っちゃうなんて！

本にも載っていなかったＪの本名を知れて、思わずニヤけてしまう。

そんな私を見て、Ｊ――ジェイクが少し気まずそうな顔をして目をそらした。

ルイード皇子が、にこやかに二人を迎え入れる。

「わざわざ来てくれてありがとう。イクスもご苦労だった。部屋を用意するから、しばらく休んでくれ。ジェイクは、来て早々で悪いが話を聞かせてもらっていいかな？」

「はい、もちろんです。リディのためですからね！」

「………リディ？」

ルイード皇子がピクッと反応して、笑顔のまま聞き返す。その声の威圧感に、ジェイクがハッとして口を手で隠した。

助けを求めて隣にいるイクスへ視線を送っているが、イクスは素知らぬ顔で無視している。

「あっ、えっと、リディア様！　でした！　はは！」

ジェイクってば笑って誤魔化そうとしているわね……。

平民では普通のことだけど、貴族は令嬢の名前を略して呼ぶことはほとんどない。よほど身近な人物だったり、恋人の関係になってから呼ぶことが多いのだ。

一応婚約者であるルイード様の前でリディィって呼ぶのはさすがにまずいわよね。

まるで他人事《ひとごと》のように考えていると、同じ部屋にいる騎士達やメイド達が真っ青な顔で私を見ていることに気づいた。

あっ！　そっか。ここは私がフォローしないと！

「あの、私が初めて会った時に、リディィって名乗ったんです。それで、ずっとそう呼んでただけなんです。ねっ？」

「え？　あーー、そう！　その時のクセがぬけなくて、つい……」

「そうなんだ。でも、もうリディィと呼ぶのはやめてくれるかな？」

皇子はニコニコと可愛らしい笑顔を浮かべたままジェイクに告げた。

どうしてかしら……。とっても癒される爽やか笑顔のはずなのに、なぜか怖いわ！

いつもは余裕な態度のジェイクも、さすがに皇子相手に軽口は叩けないらしい。

「も、もちろん……」

と引き顔で答えていた。

ジェイクの隣では、イクスが少し嬉しそうな顔をしている。普段のように軽口を叩けずにいるジェイクを見て、やけに楽しそうだ。

「では、違う部屋で話を聞かせてもらうよ。リディア、また後で」

「はい」

ルイード皇子はそう言うなり、ジェイクを連れて部屋から出て行った。

そのまま部屋に取り残される私とイクス。

「イクス。本当にお疲れ様……って、なんで笑ってるの？」

部屋の入口に立っているイクスを見ると、なぜか肩を震わせながら静かに笑っていた。何かがツボに入ったらしい。

「いえ……。クソ兎のヤツが、皇子に怒られてるのがおもしろくて……くくっ……」

「ひどいわね……。それにしても、愛称呼びがダメなこと、すっかり忘れてたわ。最近ではJ……ジェイクのリディィ呼びも、結構気に入ってたんだけどなぁ」

残念そうに言う私の言葉を聞いて、イクスの笑いがピタリとやんだ。急に真顔になり、私をジーーッと見つめてくる。

ん⁉　何⁉

イクスは無言のままこちらに歩いてきたかと思えば、内緒話をするかのように口元を手で隠して顔を近づけてきた。

内緒話？　部屋にいる騎士達には聞かれたくない話かしら？

なんの話をするのかと思っていると、イクスが耳元で囁いた。

「呼んでほしいなら、俺がいつでも呼びますよ。皇子のいないところで、ですけどね。……リディィ」

「⁉」

ぶわっと身体中が一気に熱くなったのがわかる。

顔を離したイクスは、少し意地悪そうにニヤッと笑った。間近で見るその少年のような顔に、さらに心臓が大きく跳ねる。

ううっ！　もう！　このイケメンめ‼　耳元で囁くなんて、私を殺す気⁉

普段リディア様と呼んでいるイクスからの、突然のリディ呼び。破壊力が半端ない！　しかも敬語と呼び捨てのコンボとかさらに最高すぎて……！

思わず囁かれたほうの耳を、手で隠してしまう。きっと、顔は真っ赤になっているはず。

リディって愛称は可愛いし、気に入ってるから呼ばれたい。呼ばれたいけど……イクスには呼ばれたくない。

だって、イクスにリディって呼ばれるとドキドキしてなんだか落ち着かないもの……。

照れているのを悟られないように、私は目を合わせないままイクスに言った。

「へ、部屋を用意してくれるって言ってたし、もう休んできたら？」

「ああ、はい。……でも、今どんな状況になっているのかだけ教えてもらってもいいですか？」

「あ……わかったわ」

私は先ほどの契約書の件を話し始めた。

「……というわけで、今ある証拠は全てサラと窃盗団のみが犯人であるというものばかりなの。このままだと、リクトール公爵や大神官を裁くことができないわ」

「なるほど。リクトール公爵は、想像以上に用意周到な人物のようですね」

「でも、ジェイクは持ってるのよね？　リクトール公爵が関わっていたという証拠。それさえあれば、逃げきれないわ！」

嬉しそうに言う私を見て、イクスが少し困った顔をした。

「……あの。実は、ジェイクの情報は証拠にはならないんです」

「えっ⁉」

証拠にならない⁉

リクトール公爵が私を誘拐するという情報を持っていたジェイク。

そのおかげで今回助かったというのに、それが証拠にならないってどういうこと⁉

「どうして、証拠にならないの⁉」

「ジェイクが持っている証拠は、ハッキリと名前が書かれた契約書とか、取引の紙とかではないんです。リクトール公爵の行動を監視して得た情報――つまり、証言のみなんです」

「証言のみ……」

「証言だけであれば、もちろんリクトール公爵は否定するでしょう。事実無根だ、とね。あとは、公爵と平民のどちらの証言を信じるか――という話になるわけです」

イクスの目にかすかな怒りの色が灯る。

ジェイクが「リクトール公爵が誘拐を企てていました。窃盗団と会ってました」と証言しても、リクトール公爵が「そんなことはしていない」と言えば、公爵の意見が優先される……ってこと？

その時、リクトール公爵が言っていたことを思い出した。

『公爵家の裁判では、一六歳以下の子どもの意見は通らない』

それと同じなのね。平民というだけで、最初から信じてもらえないなんて……。

「それじゃ、リクトール公爵を断罪する証拠がないってことじゃない。このまま無罪放免なんて、許せない！」

せっかくルイード様の機転で、公爵を王宮まで連れてくることに成功したのに！　このままじゃ、調書を書き終えたら帰ってしまうわ！

あーーもうっ!!　どうすればいいの!?

頭を抱えて悩んでいると、同じように何か考えこんでいたイクスが口を開いた。

「リクトール公爵を無罪にさせない方法……あるかもしれないです」

「えっ!?」

リクトール公爵を無罪にさせない方法!?　何よ。そんなのあるなら早く言ってよ……って、なんで険しい顔をしてるの？　何か危険な内容なの!?

イクスは顔に冷や汗をかいていて、何か大きな決断を迫られているような真剣な表情をしている。

その無罪にさせない方法というのは、かなり厳しいことなのだろうか。

「な、なんでそんな顔してるの？　危険な内容なの？」

「はい。俺とリディア様にとっては、かなり危険な手段です。特に俺は……命に関わるかもしれない」

「そんな……！」

私とイクスにとって危険な手段って何⁉　命に関わるほど危険なら、やめておいたほうがいいんじゃ……。

でも、一応内容だけは聞いてみよう。決断するのは、それからよね。私の少しの犠牲でリクトール公爵が捕まるなら……！

険しい顔をしたまま悩んでいるイクスに問いかける。

「……その、危険な手段とはなんなの？」

「巫女の誘拐の件ではなく、闇市場の件で捕まえるのです」

……ん？

「ご存じの通り、闇市場は違法です。リクトール公爵が闇市場の運営側だということを証明できれば、捕らえることができます。巫女の誘拐の証拠を探すよりも、闇市場についての証拠を見つけるほうが簡単だと思うんです。必ず、取引などに使用した書類などが――」

「ちょ、ちょっと待って‼　それ、すごくいい考えなんだけど……それのどこが命の危険なの？」

私がふと感じた疑問をぶつけると、イクスがピタリと話すのをやめて私を見つめた。どこか切なげな表情だ。

な、何⁉

そしてフッと流すように目をそらし、ボソッと呟いた。

「ルイード様もカイザ様も、闇市場の件についてはまだ何も知らない状態です。ドグラス子爵の密輸の件も、エリック様にしか話していませんので」

「……？」

「この件を話すということは…………俺達が夜中にこっそり闇市場へ行ったことを、二人に話さなくてはいけないということなんです!!」

「…………!!」

そ、そうかぁぁーー!!　闇市場でリクトール公爵を見たと報告したら、同時に自分達も闇市場に行ったという暴露になるんだわっ!!

「闇市場に行った理由としては、ドグラス子爵の密輸の件を確かめるために行ったのだと言えばいいんです。ただ……問題は……」

「カイザお兄様と……ルイード様ね……」

「はい……」

闇市場に行かなきゃいけなかった理由があったとしても、そんなの関係ない。私が内緒で闇市場に行ったことが問題なのよ！

夜中に部屋を抜け出して、闇市場に行ったことが知られたら……。

ゾワッ
烈火の如く怒るカイザと、笑顔のまま青筋立てて怒るルイード皇子の姿が浮かんだ。

……うん。なるほど。それはたしかに危険だわ！

黙っていたイクスの立場も危ういわね。怒り狂ったカイザに、何されるかわからないわ。だから命の危険、ね。

「でもすぐになんとかしないと、リクトール公爵は家に帰ってしまうわよね？」

「そうですね」

「そうしたら、残ってるかもしれない数少ない証拠とかも、全部処分されちゃうわよね？」

「そうですね」

「じゃあ、なんとしてもリクトール公爵を家に帰らせるわけにはいかないのよね？」

「そうですね」

「そのためには、何か別の嫌疑をかけなきゃいけないのよね？」

「そうですね」

「となると、もうその方法しかないわよね？」

「そうですね」

「……やるしかないわよね？」

「……そうですね」

私とイクスは真剣な表情で見つめ合った。気分は戦場へ向かう兵士のようだ。

カイザと皇子に闇市場へ行ったことを報告するのは怖いけど、仕方ないわ!!　どっちにしろエリックにはもうバレてるんだし！

それに、実際こうして無事でいるわけだし!?　闇市場に行って怪我とかもしてないし！

大丈夫！　大丈夫！　そんなに怒られないはず!!

……大丈夫……よね？


しばらくすると、カイザが大神官を連れて王宮に戻ってきた。大神官の聴取を王宮の調査官に任せたあと、すぐに私のいる部屋にやって来て報告してくれた。

巫女の誘拐は成功したと思い込んでいた大神官は、突然現れたカイザにひどく驚いていたそうだ。

「来いって言ってもブツブツ何か言ってて来ないから、担ぎ上げて馬車に放り込んでやった」

「……他の神官達に説明はしたんですよね？」

「あ？　するわけないだろ。そんな面倒なこと」

「えっ。と、止められなかったの？」

「何人かは俺の身体に巻きついて何か叫んでたけど、そんなの全部無視だ。気づいたら勝手に離れてたぞ」

「…………」

私も経験あるけど、カイザの身体に抱きついて動きを止めようとしても全然止まらないのよね。

きっと神官達もカイザの力に負けて振り落とされたんだわ！

というか、何事かと騒ぐ神官達を無視して無理やり大神官を連れてくるって……それじゃ、カイザも誘拐犯じゃん!!

そうツッコミをいれたかったけど、やめておいた。今は、できるだけカイザの機嫌は損ねないでおいたほうがいい。

それにしても、突然巫女を誘拐されたと思ったら今度は大神官まで誘拐——もとい連れて行かれて、グリモール神殿の神官達はさぞ慌てていることでしょうね。

カイザが来た数十分後、聴取を終えたルイード皇子とジェイクが部屋に戻ってきた。

「カイザ、ご苦労だった。大神官を連れてきたと報告を受けている」

「これくらい楽勝ですよ。それより……お前がJか？」

カイザはジェイクの前に立ち、ジロリと彼を見下ろした。

背が高く体格のいいカイザは、立っているだけで威圧感がある。キリッとした目に凝視されれば、誰もが小動物のように怯《おび》えることだろう。

な、なんで、カイザはあんなにジェイクのことを見てるの⁉　まさか……フェスティバルで私を攫った男と同一人物だって気づいた⁉

遠目だが、カイザは一度ジェイクの姿を見ている。ウサギの仮面で顔は半分隠れていたけど、髪や身体つきなどは見えていたはず。

英雄騎士ともなれば、そのくらいの情報だけで会えば特定できてしまうのでは⁉　カイザは兎のジャックのことをまだ根に持っているし、バレるのはまずい！

ジェイクはそんなカイザの視線に怯える様子もなく、いつもの軽い調子でニコニコしながら挨拶をした。

「ジェイクです。以後お見知りおきを」

「ジェイク……お前……」

どうしよう!? 兎のジャックだってバレてる!?

カイザはガシッとジェイクの右手を握ると、ブンブン振り出した。

「お前がリディアの居場所を教えてくれたんだってな！ 助かったよ。ありがとな！」

いつの間にか笑顔になっていたカイザ。

ジェイクも「いえいえ」と言いながら、笑顔を返している。

バレてないんかーーーーい!!

なんだよ！ 変な威圧感オーラ出すなよ、もう！ はぁ……ハラハラしたわ。

ルイード皇子に座るよう促されて、私達はテーブルを囲いその周りのソファに腰かけた。

誕生日席にあたる部分にはルイード皇子が座り、その右側の長ソファには私とカイザ、皇子の左側の長ソファにはイクスとジェイクが座った。

みんなの視線がルイード皇子に集まったところで、皇子が話を始める。

「ジェイクからリクトール公爵の行動について全て聞いた。大神官や窃盗団と会っていたこと、その時系列や動きに矛盾点などはなかった。実際にリディアの居場所を知っていたことや、その情報をこちら側に伝えてくれたことなどを考慮しても、信憑性は高いだろう」

ふふんと得意気な顔をしているジェイクを、隣に座っているイクスがしらけた目つきで見ている。

「……だが、目に見える証拠はない。ジェイクの証言のみでは、リクトール公爵に否定されて終わりだ。リディアとサラ令嬢の調書をまとめて、今リクトール公爵に確認を取っているが、もちろん自身の疑いについては全面否定している」

「あのヤロー……」

カイザがポツリと呟いた。漫画に出てくるヤンキーのように、指をポキポキ鳴らしている。

「実はリクトール公爵を追い込むための計画があるのだが、すぐには無理だ。なんとか理由をつけて少しでも長く王宮に留めさせたいのだが……」

どうしたものか――と考え込んでいるルイード皇子とカイザを横目に、私はイクスと目で合図を送り合った。

『言うわよ!?』

『了解!!』

私は姿勢を正し、カイザとルイード皇子のほうに身体を向けた。それに気づいた二人が、不思議そうにこちらを見る。

「リディア？　どうした？」

「なんだ？　腹でもすいたか？」

「あの、リクトール公爵は闇市場を運営しています！」

「!?」

カイザとルイード皇子の目が大きく見開かれた。ジェイクもギョッとしたように私を見てくる。

「闇市場だって？　……その根拠は？」

「闇市場で、リクトール公爵に対応されたんです……」

「…………」

「…………」

ああっ!!　カイザとルイード様がフリーズしているわっ!!

今私が言った言葉の意味を、すぐに受け入れられていないみたい！

「お前……その言い方だと、闇市場でリクトール公爵と会ったって言ってるみたいじゃねーか」

「リディアが闇市場に行ったわけではないんだろう?」

あああああ。こわい……返事をするのがこわいぃぃ。

でも言うしかない！

「……行きました」

一瞬の沈黙。

いや。私にとっては、すごく長く感じる！

「はあぁぁぁ!?」

ガタンッ!!

カイザとルイード皇子が、ものすごい勢いでソファから立ち上がる。

「闇市場に行っただと!?　お前が!?　いつ!?」

「闇市場がどんな場所か知ってて行ったのか!?」

「場所はどうやって知ったんだ!?」

「まさか、リディア一人で行ったのか!?」

交互にすごい剣幕で質問をされてるけど、答える隙がない。

ひぃぃぃぃ!!　こわいよーー!!

闇市場に一緒に行ったイクスとジェイクは、下を向いたまま黙っている。この剣幕の中、「俺も一緒でーす」「僕が教えたよー」なんて言えるはずもないだろう。

でも、ごめんね！　ここは正直に言わせていただきます。嘘をついたら、あとが大変だからね！

「あの……イクスと一緒に行きました……」

そう答えると、カイザとルイード皇子がバッと勢いよくイクスを見た。

イクスは下を向いたままだけど、二人の威圧オーラを感じたらしい。ビクッと肩を震わせて反応していた。

「闇市場の場所は、ジェイクに教えてもらいました……」

二人の視線が、バッとジェイクに移る。ジェイクも気まずそうに下を向いたままだ。小声で隣にいるイクスと何かボソボソと喋っている。

「ちょっと！　何これ！　僕聞いてないよ⁉」

「うるさい。黙ってろ」

私が闇市場へ行ったことがかなりショックだったらしく、カイザとルイード皇子が少し放心状態になりながらソファにどすん！　と座り込んだ。

しばしの沈黙――。

すると、カイザがまた立ち上がり、なぜか晴れ晴れとしたような笑顔でイクスを呼んだ。

「イクス！　ちょっと来い！」

⁉

カイザはいつも自分の感情をそのまま顔に出すタイプなので、こんな作り笑顔は見たことがない。その不自然な行動のせいで、余計に恐怖心が増す。

「…………はい」

イクスは真っ青になりながらも、覚悟を決めた顔で立ち上がった。そして気味悪いほど笑顔のカイザと一緒に、のそのそと部屋から出て行った。

……イクス、無事に帰ってくるかしら……。

ジェイクは小声で「骨は拾ってやるからな」と言っていた。

すると、ずっと黙っていたルイード皇子もゆっくりと立ち上がり、私を見た。その表情はどこか虚ろで、怒りの感情はないように見える。

「リディアも……少しいいか？」

「は、はい」

ルイード皇子が部屋についているバルコニーに出ていったので、慌ててあとを追う。やはりどこか元気がなさそうだ。

バルコニーに出ると、皇子が近くに来るようにと私を手招きしている。

「あ、あの……ルイード様……」

すぐ近くまで行くと、皇子は私の手を優しく包み込むように握ってきた。両手で手をつないでいる状態だ。

な……何、この状況⁉　え⁉　怒られるんじゃないの、私⁉

「…………はぁーーーー」

突然ルイード皇子の長いため息が聞こえたと思ったら、皇子がボソボソと話し始めた。

「闇市場がどんな場所かは、知っていたの？」

「い、いいえ。なんとなく……しか」

「……なぜエリックやカイザに言わず、イクスに声をかけたの？」

「エリックお兄様に話したら、ドグラス子爵に気づかれると思って……。バレていないうちに、確認したかったんです。イクスにも内緒にしてたんですけど、屋敷を出る時に見つかってしまったので……」

私はずっと下を向いたまま質問に答えている。気まずいのと、この近距離で顔を上げるのが恥ずかしいからだ。

「じゃあ、最初は一人で行こうとしてたのか⁉　夜中に⁉」

「…………はい」

改めて言われると、なんで一人で行こうとしたのか……私にも謎だわ。私、バカか‼

皇子が呆れるのも無理はない。

「…………はぁーーーー」

皇子から二度目の長いため息が出る。

「イクスが見つけてくれてよかったな……いや。本当はそれも気に入らないけど」

「!!」

両手を握られている状態で、皇子の親指が私の手の甲をすり……と撫でた。ドキッと心臓が跳ねる。

なななな何、何!? 撫でられた!! 手ぇ撫でられたぁぁ!!

恥ずかしくて顔を上げられないので、皇子がどんな顔しているのかわからない。撫でられた手が緊張で震えそうになった時、優しく撫でていた皇子の指がギュッと甲をつねってきた。

!?

い……たくはない……けど、今つねられた!?

驚いて顔を上げると、皇子は口をへの字にして不貞腐《ふてくさ》れたような顔をしていた。頬は少し赤くなっている。

か……かっわ!! え!? 何!? 可愛すぎなんですけど!?

「これからは絶対に一人で外出したり、危ない場所には近寄らないこと! わかった!?」

「……はい」

「本当はもっと色々言いたかったけど、いいや。それはエリックに任せることにするよ」

エリックの名前が出て、背筋がひゅっとした。

そこはイクスと同様、覚悟を決めるしかない。上司に怒られるよりはマシだと思おう。

部屋の中に戻ると、ジェイクがのんびりと紅茶を飲んでいた。メイドが用意してくれたらしい。

「あ、おかえりなさい」

「ジェイク。なぜさっきの聴取中に、闇市場のことを言わなかったんだ？」

笑顔だったジェイクの顔が、少しだけ引きつる。気まずさを誤魔化すように、笑顔は崩さないまま言い訳を始めた。

「いやぁ。だって、それ言っちゃうとリディ……ア様に迷惑かけるかなぁと思って！」

どうやら私の立場を考えて、闇市場のことはうまく隠してくれていたらしい。ジェイクの優しさに少し感動してしまう。

それなのに、私ったらジェイクに相談しないで勝手に話しちゃって……。申し訳ないことしたな。あとでちゃんと謝ろう。

ルイード皇子は複雑な表情をしながらも、それ以上は問い詰めなかった。小さくため息をつきながら、先ほど座っていたソファに腰かける。

「……ジェイク。それからリディア。この場でいいから、闇市場とリクトール公爵の件を聞かせてもらおうか」

「はい」

まだ戻ってこないカイザとイクスが気がかりだけど、私とジェイクは闇市場に行った日のことを話した。

闇市場で会った時からリクトール公爵が私に目をつけていたのだとジェイクが話すと、ルイード皇子がなんとも言えない顔でジロッと見てきた。

『これだからそういう場所に行くのは危険なんだ！』と目で訴えられているようだ。

でも、まさかその日にもう狙われていたなんて。半分仮面で隠していたとはいえ、この美しすぎる顔も困ったものだわ。

ジェイクはその日のことだけではなく、闇市場について知っている情報を全て話してくれた。――本当に全てかはわからないけど。

「……なるほどな。結構前から闇市場を運営していたみたいだな。それならば、証拠を見つけるのもそう難しくはないかもしれない」

やった！　身を犠牲にして闇市場のことを暴露した甲斐があったわ！

「だが!!　リディアとジェイク。闇市場への参加も違法だということは知っているかな？」

ルイード皇子が、私とジェイクをチラリと見た。

「わっ、私は調査に行ったんです！　お客として行ったのではないです！　ええと……」

「エリックがドグラス子爵の件を調べ終えたら、リディアが話していた万薬の話とつながるだろう。そうなれば、調査目的だったと報告できる」

「あ、よかった……」

一瞬焦ったが、ホッと胸を撫で下ろす。

ルイード皇子と私は、そのままジェイクに視線を移した。ジェイクは特に慌てた様子もなく、にこやかに答える。

「僕も『自分』が客として行ったことは、一度もないですよ？　いつも誰かの『代わり』であって、仕事です！」

「では、ジェイクに代わりを頼んだ貴族は誰だ？」

「いくら皇子様といえど、それはお答えできませんなぁ〜。お客様の情報は渡せません。でも、代わりにこの情報を渡すので見逃してください」

ジェイクはA四サイズの封筒をテーブルの上に置いた。

ルイード皇子はそれを手に取り、ジェイクを一瞥《いちべつ》してから中身を出した。数枚の紙に目を通した皇子は、とても驚いた顔をしている。

ジェイクの赤い瞳がギラリと光った気がした。

な、何？　何が書いてあるの？　聞きたいけど、私は割り込まないほうがいいわよね。

「これは……」

「なかなかいい情報でしょう？　うちの優秀な仲間が取ってきた情報です」

「たしかに。これがなければ、この件でもリクトール公爵を捕まえるのは厳しくなっていたかもしれない」

えーー何、何⁉　そんなにすごい情報⁉　私にも教えてよーーーー‼

ムズムズしながら二人を見守っていると、カイザが戻ってきた。大雨の中、傘もささずに歩いてきたのかってくらい、ビショビショになっている。

「どっ、どうしたのカイザお兄様⁉　水浴びでもしてきたんですか⁉」

「いや。ただの汗だ。気にするな」

ただの汗って‼　どうしたらこの短時間でそこまで汗をかけるの⁉

「……風呂に入ってきたらどうだ？」

「ええ。今から行ってきます」

見かねたルイード皇子も口を出してきた。皇子に風呂を勧められる英雄騎士って……。

「……あれ？　そういえば、イクスは一緒じゃないの？」

イクスの不在。汗でびっしょりのカイザ。私と皇子とジェイクの視線が、汗だくのカイザに集中する。

カイザは清々しいくらいの笑顔で答えた。

「イクスには俺がみっちり個人レッスンしてやった！　その後は、訓練場を一〇〇周したら終わりだと言ってあるから、当分は戻ってこないぞ」

「ひゃ……く⁉」

一〇〇周⁉　訓練場の一周ってどれくらい⁉　二〇〇メートルだとしても二〇キロだよね⁉　もし訓練場が四〇〇メートルなら…………うん。聞かないことにしよう。

私のせいで、ごめん‼　イクス‼　あとで、イクスの望みをなんでも叶えてあげるからね……！

「カイザ。また一つ、お前に頼みたいことができた。着替えたらすぐに出発してくれるか？」

ルイード皇子がそう言うと、カイザはニヤッと笑って右手をひらりと上げた。そして浴室に向かう途中でジェイクに声をかけた。

「お前も、イクスと一緒に走ってくるか？」

「僕が王宮騎士団の訓練場に入るなんて、恐れ多くてできません。全力で遠慮します！」

カイザの悪人顔に怯えることもなく、ジェイクは爽やかに断っていた。

二章
リクトール公爵の断罪

episode.02

◆ルイード皇子視点

王宮の中にある、貴族専用の特別警護室。

まるで貴族側を守るかのような名前の部屋だが、実際は逆だ。要注意人物とされている貴族を部屋から出さないよう、厳重に警備されている部屋である。

リクトール公爵やサラ令嬢は、この特別警護室に滞在させている。もちろん二人はかなり離れた部屋にしてあるが。

リクトール公爵のいる部屋に入ると、公爵は優雅にソファに座り本を読んでいた。

「おや、ルイード様。そろそろ巫女と令嬢の調書は出来上がりましたか？　こちらも忙しいのでね、早く帰りたいのですよ」

「お待たせしてすみません。巫女達の調書の前に、もう一つ公爵に確認したいことがあるのですが」

「なんでしょうか？」

リクトール公爵と向かい合うように腰をかけると、その反応をうかがうために公爵と視線を合わせた。

「闇市場について……何か知っていますか？」

闇市場という言葉を聞いて、一瞬だけ公爵の瞳が揺らいだ。けれどその揺らぎはすぐにおさまり、細長い目をさらに細くさせながら笑顔で返事をしてくる。

「闇市場ですか。噂でそのような言葉を耳にしたことがある……くらいですね。その闇市場がどうかしましたか？」

「リクトール公爵が運営をしている、という情報が入ってきている」

「ほう……。いやぁ、なぜそこで私の名前が出るのか、全く思い当たらないですね」

さすがはリクトール公爵だ。もうその表情には余裕の色しか浮かべていない。

「身に覚えがないということですか？」

「そうですね。全くもって事実無根です。まさか、ルイード様はその話を信じていらっしゃるのですか？」

「それなりの筋から情報が入っているのでね。こちらとしても、調べないわけにはいかないのですよ」

リクトール公爵は細長い目でジッと俺を見たあと、フッと鼻で笑いながら頷いた。

「なるほどね。構いませんよ。私の屋敷や別宅など、どうぞ好きなだけお調べください」

「!?」

どうせやらないだろう、という挑発で言っているのではない。本気で言っている。

……絶対に証拠は見つからないと思っているんだな。

やはり、公爵の屋敷や別宅には何も残していないのだろうか。

あのまま王宮へ来ることになったのは、公爵にとっても予定外だったはずだ。それなのに急な自宅の捜索をされても問題ないなんて、本当にこの男はどこまで用意周到なんだ!?

「……ありがとうございます。リクトール公爵の屋敷、別宅、関連した事業所など、全て調べても問題はないですか？」

「ええ。構いませんとも」

「……わかりました。ではそちらの調査が終わるまでは、王宮にいていただきます」

「まぁ、仕方ないでしょうね。早めにお願いしますね」

リクトール公爵に焦りの色は全く見えない。

俺を毒殺しようとしていたレクイム公爵ですら、悪事を暴かれた時にはもう少し慌てていたというのに。

この男は公爵の中でも格が違う。気を引き締めてかからないといけないな。

そんなことを考えながら部屋を出ると、調査官のナギルが俺を待ち構えていた。ナギルにはサラ令嬢の聴取を担当させている。

「ルイード殿下……」

「どうした？　サラ令嬢は全てを話したのか？」

リディアには伝えていないが、実はサラ令嬢も肝心なことは黙秘したままだった。

大神官とリディアの誘拐について話をして契約を交わした――までは認めたのだが、その動機や詳しいやり取りについては何も言わない。

自分はほんの冗談のつもりだった、大神官とリクトール公爵が本当に実行させた、などと、こちらも相手に罪を着せようとしているのだ。

「まだ、何も。相変わらず、自分は冗談のつもりだったとしか言っておりません。それから……その……」

ナギルは、言いにくそうに目を泳がせている。

「なんだ？」

「サラ令嬢が……その、ルイード殿下と直接お話しできるなら、もっと話す……と言っております」

「はぁーー……またか」

実は聴取を始めてから何度も言われているのだが、ずっと断ってきた。

サラ令嬢は王宮のパーティーで初めて会った時から良い印象がない。今回の件での怒りもあるし、できれば話などしたくもないというのが本音だ。

だがこのままでは埒《らち》が明かないので、一度顔を出してみるか……すごく嫌だけど。

リディアのためだ！　そう思えばがんばれる！　リディアのため!!

俺はそのままサラ令嬢のいる部屋へと向かった。ナギルに案内され部屋に入ると、サラ令嬢が顔を輝かせて椅子から立ち上がった。

「ルイード様！　いらしてくださったのですね！」

侍女の服から令嬢の服へと着替えたらしい。巫女誘拐犯として疑いをかけられているものの、まだ確定するまでは一応貴族扱いをしなくてはいけないからだ。

「俺にならば話すと、調査官に言ったそうだね？　早速聞かせてもらいたい」

「そんな来て早々……って、な、なぜそんな遠い場所に座るのですか？」

サラ令嬢の目の前にはナギルを座らせ、俺は少し離れた場所にあった椅子に座っている。

「君の調査官は、彼だからな。でも会話をするのは俺だから、気にするな」

「…………」

サラ令嬢は、あからさまに不機嫌そうな顔をナギルに向けている。

実は、どうしても目の前には座りたくないとナギルには伝えてあったのだ。情けないが、サラ令嬢はどうにも苦手なんだ。

それに、令嬢と二人で向かい合って会話をするのも、リディアに対して気が引けてしまう。……俺が令嬢と二人きりになろうが、リディアは気にもとめないだろうけど。

自分で自分の心に打撃を与える。なかなかの攻撃力だ。

まだこれからだ。落ち込むな。今回の誘拐事件を解決できたら、リディアが見直してくれるかもしれない。今は、俺にできることをやるんだ。

「……それで？　婚約者の妹であるリディアを誘拐させようと考えた理由はなんだ？」

「誤解なんですっ!!　私は、巫女ともなればみんな手に入れたいと思うでしょうね～って話しただけなんですっ！」

「……侯爵家のご令嬢が、なぜわざわざ遠いグリモール神殿まで足を運んだのだ？　そんな会話をするためだけではないだろう？」

「リディア様がグリモール神殿で祭祀を行うと聞いたので、少しでも神殿に援助できればと申し出たのです。その時に、リディア様のことが心配になってそのような会話に……」

サラ令嬢は気弱な女性のフリをしているらしいが、本性を知っている俺から見たら不自然極まりない。

「話しているうちに、大神官がどんどん話を盛り上げていって、巫女はきっと高く売れるとか、侍女として協力してくれればうまくいくとか言い出したのです！　私はてっきり大神官の冗談だと思って、その冗談に合わせて紙にサインしてしまったのです！　契約書をしっかり読んでいなかったのは、冗談だと思ったからです!!　ねっ？　私は被害者なんです！」

「………………」

契約書をきちんと読まずにサインしたことを、冗談だと思ったからってことにするとは考えたな。

だが、いくらなんでもめちゃくちゃだ。

大神官と侯爵令嬢が、冗談で巫女の誘拐話をして盛り上がる？　冗談で契約書まで書く？　ふざけすぎている。

なのに、本人は真面目に言っているのだから困ったものだ。

さて。この頭が花畑の令嬢をどうしようか……。

◆

王宮滞在二日目。

カイザとイクスは、ルイード皇子に頼まれた調査に出かけて行った。王宮のメイドや騎士の話によると、イクスは朝方まで走り込んでいたらしい。

そのまま出かけて大丈夫なのかしら？　というか生きてる？

異世界の騎士やメイドってほぼ休みがないイメージだし、貴族ってまるでブラック企業だわ。今度、ゆっくり休ませてあげよう……。

そんなことをぼーーっと考えているくらいには、暇な私。

ルイード様は朝から忙しくしているみたいだし、今日も王宮に来るはずのジェイクはまだ来ないし。

一人寂しく昼食をとったあと、私は窓の外を眺めながら今後のことについて考えていた。

まだ小説のストーリーが始まる前とはいえ、もうだいぶ違う展開になっちゃったわね。

リディアが巫女になったり、サラに誘拐されたりなんて過去はなかったはずだもの。

今回の件でサラとエリックの結婚は防げたと思うし、もしかして私の目的は一応達成ってことになるのかな？

とはいえ、リクトール公爵を確実に捕まえない限り、私の未来は危ういんだけどね。絶対にまた狙われそうだもの。

そのために今みんながんばってくれてるんだし、大丈夫よね？

……でも、その後は？

リディアの処刑エンドが完全回避できたら、リディアは……私はどうなるの？

処刑エンドから逃れることばかり考えてて、その後のことは考えてなかった……。

も、もしかして、結婚して幸せに暮らす未来とか待ってるのかしら!?　結婚!!　だ、誰と!?　今は

一応ルイード様の婚約者だけど、ルイード様とそのまま結婚するパターンもあるかも⁉

あああああ。だけどあんな可愛い皇子と結婚なんてしたら、私萌え死にする‼

そ、それともやっぱり婚約は解消してもらって、誰かと恋愛するとか⁉

身近だとイクスしか思い浮かばないんだけど……イクスと恋愛⁉

ああああああ。だけどあんなイケメンと恋愛なんてしたら、私悶《もだ》え死《じ》にする‼

ダメだ‼　どちらにしろ死ぬわ‼　というか、相手の気持ち無視して何勝手に考えてんのよ私は！

「何、百面相しているんだ？　リディア」

突然声をかけられて、思わずビクーーッと反応してしまった。振り向くと、そこには疲れた様子のエリックが立っていた。

「エリックお兄様！　戻られたのですね」

「ああ。少し前にな。陛下とルイード様に報告に行ってからきたので遅くなった。ところで、何を考えていたんだ？　すごく深刻に悩んでいたみたいだったが……」

エリックが心配そうに顔を覗き込んでくる。

「……なんでもありません」

こんな時に、結婚や恋愛について考えていた……なんて言えるわけないでしょ。

「それよりも、ドグラス子爵の件はどうなったのですか？」

「ワムルがしっかり証拠も残してくれていたからな。細かい処罰はまだ決まっていないが、爵位の取り上げは決定した」

「よかった！　お兄様が何か責任を負わされることはないのですか？」

「子爵の件は、一応コーディアス家独自で解決させたという扱いにしてくださった。……おそらく、リディア誘拐の際の王宮騎士団の不手際に対する対価なのだろう。だからコーディアス家に対する処罰は何もない」

よかった‼　さすがは陛下‼　優しい‼

もしここでコーディアス家に多大なる損害が出ていたら、サラの家を頼らなくてはいけないところだったわ。

これで確実に、サラとエリックの結婚はなくなった‼　やったーーーー‼

コンコンコン
心の中で小躍りしていると、ルイード皇子が部屋に入ってきた。エリックと私を見て、にっこりと微笑む皇子。

ああっ！　今日も春風のような完璧な爽やかさだわ‼

ルイード皇子はいつものソファへと腰かけて、私とエリックにも座るよう促した。

皇子の向かい側に私とエリックが座り、現状報告を聞く。

……といっても、私は細かい内容まではわからないので、アレとかソレとか言われてもなんのことやらだ。

「ドグラス子爵の爵位が返上されたことで、〝あの件〟を進められそうだ。まだ計画は話していなかったのに、わかっていたのか？　とりあえず爵位を取り上げることだけ優先して動いていただろう？」

「なんとなく、そうなれば話が早いなと思っただけですよ。やはり、〝その計画〟だったのですね？」

「ああ。しっかりとした経緯もあるし、陛下にもすでに承諾はいただいている」

二人は真面目な顔でどんどん話を進めていく。

うん。全くついていけません!!

あの件ってなんだ！　その計画ってどれだ！　私にもわかるように説明して！

とりあえず黙ったまま二人の会話を聞き、なんとなくわかったことをまとめてみる。

まず、サラや大神官より先に、リクトール公爵の裁判をするってこと。本当の首謀者であるリクトール公爵から攻めるのね。

そして、誘拐の件より先に、闇市場運営の件で攻める。その証拠を集めるために、今カイザやイクス達が動いている。

その証拠について、ルイード様はこう言っていた。

「思っていた通り、リクトール公爵は〝あれ〟を持っているらしい。今はカイザに確認に行かせている」

だから、あれって何!?　それじゃわかりませんよ皇子!!

「やはり〝あれ〟を持っていたのですね……」

ってエリックはどうして通じてるの!?　天才か!!

そして、最終的には〝あの件〟を利用して、リクトール公爵を断罪するそうです。

皇子とエリックは、ニヤリと笑い合っている。リクトール公爵の裁判の準備は、順調に進んでいるらしい。

だからあの件って何⁉　まったく話についていけないわ！

私一人だけ置いてきぼりをくらってますが、エリックと皇子から裁判を傍聴する許可をもらえたのでヨシとしましょう。

裁判でアレやらソレがわかるはずだから、それまでは我慢よ、リディア‼

ルイード皇子暗殺未遂で処罰されたレクイム公爵の裁判は、気づけば終わっていたし。

闇市場にまで潜入して証拠を集めようとしたドグラス子爵の件も、エリックがすぐに終わらせちゃったし。

今まで大事なところだけ見れずに終わっていたけど、今回やっと‼　やっと私も裁判を見られるんだから‼

漫画や小説で何度も読んだ『貴族裁判』に『犯人の断罪』！　それをこの目で見られるんだから、今はわけがわからなくてもいいわ。

ふふふふふ。あの余裕ぶったひょろひょろキリ目公爵の焦った姿を、しっかり見てやるわ‼

「……リ、リディア？」

「どうした？　突然笑いだして」

「え」

やば‼　「ふふふふふ」は普通に声に出しちゃってたみたい！

皇子とエリックが、少し引き気味な顔で私を見つめている。

そうですよね。ずっと黙ってた美少女が突然魔女みたいに笑いだすなんて、ホラーですよね。

「ご、ごめんなさい。なんでもないです」

「本当に大丈夫か？　お前はさっきも少しおかしかったぞ。何か不安になってることとかあるなら、ちゃんと話すんだ」

「いえ。本当に大丈夫です……」

さっき私が妄想で悶えてる姿を見たからか、エリックはかなり心配しているようだ。

精神的に不安定になっているんじゃないかと思われているみたいですが、正常です。ちょっと妄想が激しいだけで、これ、平常運転ですから！


それからの数日間は、バタバタと過ぎていった。バタバタ——といっても、忙しいのは皇子や兄達だけで私は何もしていないのだけど。

話す時間もほとんどなく、裁判の準備がどこまで進んでいるのかすら教えてもらえない。

時折空いた時間をみつけては、私の所に顔を出しに来てくれる程度しか会えていなかった。

私、一応当事者なのに蚊帳《かや》の外すぎない？　いくら裁判を見られるとはいえ、少しくらいは状況を把握していたいわ。

兄達に直接聞いてみよう！　と思っているのだけど、疲れきった彼らの顔を見ると、どうしても聞けなくなってしまうのだ。癒しを求めてこの部屋に来ているみたいなので、裁判の話なんてされたくないだろうし。

私の不満は募《つの》るばかりだ。

「とうとう明日だね！　リクトール公爵の裁判」

ジェイクがいつものように軽く明るい声で言った。一人部屋で本を読んでいた私は、少し不貞腐れたように返事をする。

「そうね」

「あれ？　なんだかご機嫌ななめかい？　公爵の裁判を待ち望んでいなかったっけ？」

「だってここ数日、みんな忙しそうでろくに会えてもいないんだもの」

「仕方ないさ。みんな証拠集めに必死だからね！　期日までになんとか準備できたみたいでよかったじゃないか」

私の隣に座り、慰めるようにニコニコと話してくる。でも、私はその言葉にピクリと反応してしまう。

「ふーーん。準備できたのね。私はそれすら知らなかったわ！　どうしてジェイクは知ってるのに、私は教えてもらえないの？」

ワガママ令嬢のような嫌味ったらしい態度をしても、ジェイクは笑顔のままだ。むしろ、拗《す》ねている私をおもしろそうに見ている。

「まぁ、それはまだ言えないかな」

「明日のお楽しみさ！」

「どうして？」

貴族の裁判には、通常であれば平民は立ち会えない。法廷に立つのが公爵であれば尚更《なおさら》だ。明日は高位貴族しか立ち会えないだろう。

ジェイクは関係者として、特別に立ち会いを許可されている。

「僕は、あまり大勢の貴族の前で顔を出したくないんだよね！　だから、裁判ではウサギの仮面をつけてもいいかい？　って皇子に聞いたんだけど、即却下されてしまったよ」

「えっ？　そんなことをルイード様に直接聞いたの？」

「ああ。何かおかしいかい？」

ルイード皇子は、ジェイクが普段はウサギの仮面をつけていることを知らない。

それなのに、突然ウサギの仮面をつけたいなんて言われたらさぞ驚いたでしょうね。

目を丸くしている可愛い皇子の姿を想像すると、顔がニヤけてしまう。

「ふふっ。いえ、別に。でも止められてよかったと思うわ。だってウサギの仮面をつけたら、ジェイクが『人攫い兎のジャック』だとカイザお兄様にバレてしまうもの」

「あっ！　そうか！　たしかに、それは危険だったかもしれないね」

「ジェイクも訓練場を一〇〇周走ることになってたかもね」

「それは本当に勘弁だよ。というか、普通走れないからね！　一〇〇周なんて。あの騎士くんが普通じゃないのさ！」

「俺がなんだって？」

突然のイクスの声に、私とジェイクは部屋の入口を振り返った。

そこには、疲れきった様子のイクスが立っていた。目の下にはクマができていて、ろくに寝ていないであろうことがよくわかる。

「騎士くんほど、カッコよくて、頭が良くて、素晴らしい男はなかなかいない！　という話をしていただけさ！」

「嘘つけ」

「本当さ！　ねぇ、リディ？　騎士くんのこと、カッコいいと思うだろう？」

ジェイクがまたイクスをからかって遊んでいるわ……と思っていたら、突然話を振られた。イクスがピクッと反応して、私に視線を向ける。

突然静かになった部屋で、二人が私に注目している。

……え。何？　この雰囲気。変なプレッシャーを感じるけど、普通に答えていいのよね？

「もちろん。イクスはとてもカッコいいわ」

顔はもちろんかなりのイケメンだし、性格だって男らしくてたまにドキッとさせられるし……。こんなイクスをカッコ悪いなんて思う人がいる？

当たり前すぎる質問に、迷う余地がない。

私の答えを聞いて、ジェイクはいつものニコニコ顔がニヤニヤ顔に変わっている。なんでそんなに楽しそうなのか、全くわからない。

対してイクスはついさっきまでこっちを見ていたはずなのに、今度は反対方向を向いてしまっている。手で口元を隠しているのもあり、イクスの顔は全然見えない。

「よかったね～騎士くん！　これで眠気や疲れなんて、吹き飛んだんじゃないかい？　僕を褒めてくれてもいいいんだよ？」

「うるさい。誰が褒めるか。それより、エリック様がお前を探していたぞ」

イクスは反対方向を向いたまま言った。

隣に座っていたジェイクが、やけに楽しそうに立ち上がってイクスの元へと近寄っていく。

「じゃあ僕はもう行かないと。またね、リディ！　……騎士くん、ありがとうくらい言ってくれてもいいんだよ？」

「お前……リディア様のことをリディって呼んだ、と皇子に報告するぞ？」

「からかってごめんなさい。……でも、元気出ただろ？」

「うるさい」

ジェイクが部屋から出ていったあと、イクスは大きなため息をついてから私の近くまで来た。

心なしか、顔が少し赤い気がする。私の前に来ると、片膝をつき自分の任務は全て終わったと報告してくれた。

「お疲れ様。今日はもうゆっくり休ん……でぇえ!?　な、何その左腕!!　血が出てない!?」

よく見ると、イクスの左腕のシャツが一部赤く染まっている。

「ああ……はい。この前夜に馬で走ってる時、ぼーーっとしてたら木の枝でちょっと切っちゃいまして。包帯を巻いているのですが、血が滲《にじ》んでしまったみたいですね」

さすがブラック企業並みの人使いの荒さ……！　それ、絶対寝不足のせいだよね。私だけ毎日ゆったり休んでぐっすり眠っててごめんなさい!!

イクスに対して、罪悪感が湧いてくる。

私は部屋の外で待機しているメイドにお願いして、救急セットを持ってきてもらった。

王宮に来た頃は、私の部屋の中にも数人いた護衛騎士やメイド達。人の目が気になってしまうので、護衛もメイドも今は部屋の外にいてもらっている。

「さぁ！　腕を出して！」

「……え？」

イクスを隣に座らせてそう言うと、イクスは深い緑の目を丸くした。

「い、いえ。自分でやりますから」

「何言ってるのよ。自分でなんて、やりにくいでしょ？　いいから腕を出して！」

命令するように言うと、イクスは仕方ないといった様子で服の袖をめくった。巻いてある包帯は取れかかっていて、血が滲んでいる。

包帯を取ってまずは消毒ね。痛いのかな？　なんだか、イクスってば少し緊張しているみたい。腕、カチーンとなってるし。

特に会話のないまま、なんとか新しく包帯を巻き終えた。

途中から腕のカチーンがおさまったから、痛みは大丈夫だったかな？　思ったより、上手に包帯が巻けて満足！

「イクス。終わった――」

そう言って顔を上げると、目の前にいるイクスの顔がすぐ近くにまで迫ってきていた。

えっ⁉

イクスは無言のまま、私の肩にポスンと顔をうずめた。すぐ近くにイクスの顔がある。

えっ？　なっ、何⁉　ち、近い！　というか、髪の毛が顔にあたってます‼

イクスの息で、肩が少し熱いです‼　えっ⁉　どうなってるの⁉

ドッドッドッドッ
心臓が一気に早鐘を打つ。

絶対に心臓の音聞こえてる‼　恥ずかしい‼　なんなのコレ、なんなのこの状況‼

「イ、イクス……？」

「…………」

えぇーーっ⁉　返事ないんですけど⁉　なんで⁉　どうすればいいの⁉

「…………っ」

はっ‼　イクス、今、何か言った⁉　何⁉

「……すーー……すーー……」

「…………」

寝てんのかよ！

どうやら寝てしまったイクスが前のめりに倒れて、たまたま私の肩に顔をのせる状態になっただけのようだ。

なんだよ、ただのお約束パターンじゃん!! まさか自分が引っかかるとは……ってもう! イクスのバカ!! 私のドキドキを返せ!!

……まぁ、それだけ疲れてたってことだから仕方ないけど。はぁ……。すぐに起こすのは可哀想だし、少しくらい寝かせてあげよう。

◆イクス視点

リクトール公爵の闇市場に関する証拠集めのため、俺はここ数日間まともに寝ていなかった。裁判の日が決まっているため、それまでに証拠を見つけなくてはいけなかったからだ。

探している最中は、意外にもそんなに辛くはなかった。おそらく、リクトール公爵を絶対に追いつめてやる! といった気持ちがあったからだろう。

でも、自分の役目が終わった途端――一気に疲れが全身を襲ってきた。

ああ、眠い……。早く横になりたい。

でもまずはリディア様に報告に行かなければ……。

数日間まともに風呂にも入っていない、ボロボロの状態だ。こんな姿でリディア様の部屋に行くわけにはいかない。

俺はまず身体についた汚れを洗い流し、怪我をした腕に包帯を巻いてからリディア様のいる部屋へ向かった。

眠い中ぼーーっとしながら包帯を巻いたせいか、やけに緩い気がする。けれど、わざわざ巻き直そうとは思わなかった。


幸か不幸か、それにより俺は今リディア様に傷の手当てをしてもらっている。

リディア様の小さい手が俺の腕にベタベタと触っていて、なぜかとても緊張してしまう。傷の痛みは、あまり感じない。

慣れない手当てに戸惑っているリディア様の姿を、ジッと見つめる。

真剣な表情が可愛くて、ふっと笑いだしたくなる気持ちをなんとかこらえた。

こんな護衛騎士のためにわざわざ手当てしてくれるなんて、優しいな……。

初めは緊張していたが、今はリディア様に触れられていることが心地よく感じてしまっている。落ち着いた空気に、瞼がどんどん重くなっていく。

俺の思考は、そこでストップした。


「う……ん」

やわらかく温かな感触を頭に感じて、薄っすらと目が覚めてきた。どうやら俺は眠っていたらしい。

でも、寝る直前のことが思い出せない。

あれ……？　俺、いつの間に寝たんだ？

目は覚めたものの、まだ頭はぼーーっとしている。枕が気持ちよくて、起き上がる気になれない。

今まで感じたことのない、変わった枕。温かく、なぜかいい香りがして、やわらかいけど少し硬い部分もある。

この枕はなんだ……？

そこまで考えた時、俺を見下ろしているリディア様と目が合った。

「!?」

「あっ。イクス、起きた？」

「えっ……？」

上を向いて寝ている状態の俺。その俺を、上から見下ろしているリディア様。俺の顔のすぐ横には、リディア様の服が見える。

え？　は？　なんだ、この状況。

自分の感覚が、無意識のうちに枕に接触している頭部に集中する。

この頭の下にあるのは、枕じゃなくて……も、もしかして……！

ガバッと勢いよく起き上がる。リディア様にぶつからないよう、避けながら顔を上げた。今さっきまで自分の横になっていた部分を見るのが恐ろしい。

「リ、リディア様……」

「いきなり起きて大丈夫⁉」

「は、はい。いや、あの……それよりも、俺もしかして……リディア様の部屋で寝てたんですか？」

本当は他に聞きたいことがあったが、気まずくて聞けない。だが、このまま知らないフリをするわけにはいかないだろう。

どうしようかと迷っていると、リディア様がケロッとした様子で言った。

「そうよ。さすがにベッドに運べなかったから、私の膝枕で……」

「あああああの‼　す、すみません……！」

それ以上ハッキリと言われたくなくて、慌ててリディア様の言葉を止めて謝る。

リディア様はそんな俺を見て、プッと楽しそうに笑い出した。

「あははっ。ウソよ！　ごめん、ごめん」

「……え？　嘘？」

今さっき、自分自身しっかりとその膝枕を実感したというのに？

「膝枕の状態になってたのは、ほんの一、二分だけよ。だって、イクスは五分くらいしか寝てないもの」

「えっ？　……あの、俺、自分がいつ寝たのか覚えてなくて……」

そう正直に言うと、リディア様は頬を少し赤らめた。

寝た瞬間の自分が何かしてしまったんじゃないかと、冷や汗が出てくる。

「包帯を巻き終わった時に、私の肩にもたれてきたの。その、この辺に……」

リディア様が、自分の右肩から胸上あたりをポンポンと撫でる。サァーーッと血の気が引いていくのがわかった。

そこに、俺がもたれてきた？

「まさか……俺の頭が？」

「う、うん。ゆっくりだったから、痛くはなかったよ」

……最悪だ。痛くなかったとフォローしてくれているが、問題はそこじゃない。突然そんな位置に顔をうずめてくるなんて、ただの変態じゃないか。

リディア様に対して申し訳ない気持ちでいっぱいになる。

しかし、突然そんなことをしてしまったことに対する謝罪の気持ちと同時に、なんでその時のことを覚えていないんだ……とガッカリしている自分もいた。

せっかくそんな状態になったのなら、せめて記憶の片隅にでも覚えていたかった……！　もったいない！

反省した様子の俺が、まさか頭の中でそんなことを考えてるなんて思ってもいないだろう。

リディア様はがっくりと項垂《うなだ》れた俺を気にしながら話を続けた。

「それで、ソファに横にさせたくて、イクスの身体を動かそうとしたんだけど……重くて。少しズラしたら、今度は私の膝の上に……」

「…………」

なんて迷惑なヤツなんだ。数分前の俺を殴りたい。

そう自分に怒りが湧いてくるのに、少し恥ずかしそうに話すリディア様が可愛くて、そんな怒りもすぐに消え去ってしまう。

「この状況を誰かに見られたらお互いよくないと思って、静かに抜け出そうと横に動いていたらイクスが起きたの」

「そ、そうだったのですね。あの、なんていうか、本当にすみません……」

恥ずかしいし、とても申し訳ない。

そんな悔やむ気持ちも確かにあるのに、膝枕をされているあの瞬間に目覚められてよかった……と心のどこかで思っているくらいには、自分にも下心があるようだ。

✤

とうとう、リクトール公爵の裁判の日を迎えた。

私はいつも明るく可愛らしい色の服ばかり着ているが、今日はチャコールグレーのような暗い色のドレスを着ている。派手な装飾はないけど、胸元にあしらわれた繊細な刺繍と小さな宝石が高級感を感じさせるデザインだ。

黄金の美しい髪はサイドにまとめ上げ、黒いレースの髪飾りをつけている。

普段の可愛いリディアも素敵だけど、こういった大人っぽいリディアもまたいいわね。なんだか賢そういうか、品があるというか……。

支度が終わると、早速裁判を行う会場まで案内された。

王宮の敷地内にある、貴族裁判専用の建物。大きな円柱の形をしたその建物は、三階くらいまでの高さはありそうだ。

案内された入口からはすぐに階段につながっていて、私は二階にある王室関係者専用の個室へと入っていった。

私の身を案じ、ルイード様がこの個室から見られるようにしてくれたらしい。

周りに他の貴族がいないのは助かったかも。好奇の目で見られるのは、やっぱり嫌だしね……って、わぁ!! すごい!!

席に着いて改めて会場を見ると、その豪華な造りに思わず圧倒されてしまった。

裁判が行われるのは一階だ。一階には、裁判に直接関わる人しか入ることができない。それ以外の者は、二階や三階にある傍聴席から一階の様子を見ることになる。

建物の真ん中は吹きぬけのようになっていて、二階や三階の傍聴席からよく見える。まるで、小さなコンサートホールのようだ。

貴族の裁判って、まるで見世物のようね。

無関係の貴族達が上から見下ろしているなんて、なんだか嫌な感じ……。

リクトール公爵が裁判への強制召喚を嫌がっていたのも納得だわ。こんな場所に無理やり呼ばれたなら、それだけで名誉毀損のようなものだもの。

リクトール公爵のようなプライドの高い男には、耐えがたい屈辱でしょうね。

公爵の裁判に興味があるのか、傍聴席は見事に人で埋まっている。

今回私の身近な人達はみんな関係者ってことで一階にいるし、陛下や第一皇子は王族専用のさらにVIPな個室にいるし、私はこの個室に一人きりだ。

護衛騎士は数人いるけど、一人で裁判を見守るのも少し心細いし寂しい。

そんなことを考えていると、一階にいたルイード皇子とエリックがこの個室を見上げた。私に気づき、二人とも笑顔でスッと軽く手を振ってくれる。

これから裁判だというのに、二人とも余裕そうね。

私も笑顔で小さく手を振り、この裁判がうまくいきますように……と心から祈った。

カイザやイクス達は、呼ばれるまでは会場に出てこられないみたいね。

……あーードキドキする！　緊張してきた！　みんなも緊張しているのかしら⁉

……って絶対そんなことないわね。ルイード様はわからないけど、エリックもカイザもイクスもジェイクも緊張するようなタイプじゃないわ。

ギィィ……

その時、古い扉を開く音が会場に響いた。ザワザワしていた貴族達の話し声がピタッとやみ、全員が扉に集中している。

リクトール公爵が、毅然《きぜん》とした態度でホールに入ってきた。

ザワザワした声がまた少しずつ大きくなる。リクトール公爵は上から見下ろす貴族達には目もくれず、まっすぐに所定の位置まで歩を進めた。

とうとう出てきたわね!! ひょろ公爵!!

実際に見るのはあの誘拐された日以来だけど、あの時の態度と何も変わってないわね。絶対に自分は捕まらないと、自信を持っている顔だわ。

中央に立つ裁判官が、裁判の始まりを告げる。

「マーデラス・リクトール公爵。貴殿には闇市場運営に携《たずさ》わる者として疑いをかけられています。まず、こちらに関しての異議申し立てはありますか?」

「はい。私は、闇市場などとは一切関わっておりません」

「リクトール公爵が罪を否定しておりますので、両者の主張を確認していきたいと思います。今回の貴族裁判は討論形式で行います。まずは、裁判を起こした側から発言権があります」

討論形式? お互いが、自由に意見をぶつけ合えるってこと? 小説の世界とはいえ、やっぱり普通の裁判とは違うのね。

裁判官に促され、エリックが席を立った。

「エリック・コーディアスです。私が説明をさせていただきます。闇市場とは貴族の中で噂されているものであり、実態があるのかどうかも疑わしいものでした。ですが、その情報を仕入れることに成功した私の部下が、闇市場へと侵入し、マーデラス・リクトール公爵に対応されたと主張しております」

リクトール公爵は、幼い子どもを見るような目つきでエリックを見ている。エリックの主張など歯牙にもかけないといった感じだ。

バカにしているような態度に腹が立つ。

「貴方の部下とは、そこまで信憑性を持たせることのできる人物なのでしょうか？　その人物が、私を陥《おとしい》れるために虚偽を言っている可能性は？」

「彼は現在騎士として活躍しているが、元々はジラール伯爵家の次男です。その彼の言葉であれば、十分信憑性は高いかと」

エリックの言葉に、リクトール公爵が一瞬ピクリと反応した気がする。

きっと、イクスのことをそこまで上の貴族だったとは思っていなかったのね。底辺貴族の主張など、信じるに値しないとでも言うつもりだったんだわ。

イクスは立派な伯爵家の御子息なんですからねー!!

……って、私も知らなくてビックリしたんだけどさ。

小説にはそんなこと書いてなかったし。でも、これでイクスの主張を根本から否定はできなくなったわね。

「なるほど。ジラール伯爵家の御子息であれば、たしかに信憑性は高いかもしれませんね。では実際に私がやっていたという証拠はあるのでしょうか？　その闇市場の場所に、私がいたという痕跡がありましたか？」

「……闇市場を行っていたという場所に行きましたが、中は空《から》で椅子一つありませんでした」

えっ!?　空っぽだったの!?

もしかして、毎回証拠隠滅のために全て持ち去っているのかしら。それなら、部屋の内装がシンプルだったのも納得だわ。

狭い部屋の中には、小さなテーブルと椅子しか置いていなかったことを思い出す。

リクトール公爵はいつものように気味の悪いニヤけ笑いをしながら、話を続けていく。

「そうですか。それでは、私がいた痕跡はなかった……ということですね。別の場所に、何か闇市場に関する証拠はあったのですか？」

「リクトール公爵邸、それから公爵の持つ別邸や関連している事業所など、全て調査させてもらいました」

「それで、証拠は見つかりましたか？」

「……いいえ」

ざわっと、傍聴席に座る貴族達からざわめきが起こった。

「何も証拠がなかっただと？」

「それなのにこんな裁判まで起こしたのか？」

「コーディアス侯爵家もルイード殿下も、落ちぶれたものだな」

「本当にリクトール公爵が闇市場に関係していたら、おもしろかったのに」

コソコソと話している会話が、嫌でも聞こえてくる。

エリックとルイード様が落ちぶれたですって!? じゃあ、あんた達は一体どれだけ立派だっていうのよ!! コソコソと話すことしかできないくせに!!

ああっ。どうして今手元に何もないのかしら。ふざけたことを言ってる貴族達に、ボールでも投げつけてやりたいわ！

ザワザワしている貴族達の反応に、リクトール公爵の笑みは一層気持ち悪さを増す。細くなりすぎた目は、開いてるのか閉じてるのかわからない。

しかし、エリックに焦りの色は一切なかった。

リクトール公爵に負けないくらい、見下したような目で公爵を見ている。

「証拠が何も見つからなかったというのに、わざわざ裁判まで起こして、私に疑いをかけたのですか？　無実だと証明された際には、それ相応の対応をさせていただきますよ。私も名誉を汚《けが》されたわけですからね」

リクトール公爵の言葉を聞き、エリックは小さくため息をついた。

そして、堂々とした態度でキッパリと言い放つ。

「私はいいえと答えただけで、証拠が見つからなかった……などとは、一言も言っていませんよ？」

エリックのその一言に、また会場がざわつく。

リクトール公爵の顔からは少しだけ笑顔が消えた。

「……その言い方ですと、まるで証拠が見つかったと言っているみたいですね」

「その通りです」

「おかしいですね。先ほど私が見つかりましたか？　と聞いた時には、いいえと答えていたのに」

リクトール公爵とエリックは、冷静な態度で討論を続けている。けれど、その目はどちらも相手を軽蔑しているようにしか見えない。

「リクトール公爵邸、別邸、事業所から見つかったか？　と聞かれたので、いいえと答えたのです。それらからはなんの証拠も出ませんでしたから。ところで……ボアルネ邸、をご存じでしょうか？」

「何⁉」

あきらかにリクトール公爵の顔色が変わった。椅子に寄りかかっていた身体をガバッと起こし、細い目を見開いている。

そんなリクトール公爵の態度を無視して、エリックは語り出した。

「リクトール公爵家の領地にある、ボアルネ元男爵が暮らしていた屋敷です。数年前、ボアルネ男爵は貴殿に不正を暴かれて、爵位を取り上げられたと記録されています。その後、ボアルネ邸には代わりの者を住まわせることもなく、数年間放置されているようですね」

「……どこで、それを……」

「おかしなことに、数年間放置されているボアルネ邸の庭には、新しい馬車の跡がいくつか残されているそうです。一体、誰が出入りしているのでしょうね」

「…………」

先ほどまでとは空気が違う。余裕そうだったリクトール公爵からは、静かながらも怖いくらいのオーラを感じる。ものすごい威圧感だ。

その時、カイザとイクスが中に入ってきた。イクスは分厚い紙束を持っている。

「……それは……っ‼」

ガタン！　と立ち上がり、リクトール公爵がイクスのほうへと歩き出す。すると、今まで静観していたルイード皇子がすぐに公爵をけん制した。

「リクトール公爵。今は討論の最中だ。口は出しても構わないが、こちらの証拠品に触れることのないように」

「そうです。リクトール公爵。席に着いてください」

裁判官にもそう言われてしまい、リクトール公爵はしぶしぶ自分の席へと戻った。

あ……危なかったわ……！

さっきリクトール公爵がイクスに近寄った時、隣にいたカイザが腕を上げてかまえてたのよね。

あれ、絶対にどさくさに紛れてタックルとかするつもりだったんだと思うわ。

せっかく今エリックが頑張っているのに、カイザの暴力で台無しになるところだったじゃない！

あの脳筋兄め!!

カイザが小さくチッと舌打ちしたのを、私は見逃さなかった。

カイザとイクスはエリックの隣に立ち、持っていた紙の束を静かにテーブルに置く。

エリックは、その紙をリクトール公爵に見せびらかすように手に持った。

「こちらが何か……ご存じですね？　違法商品の取引契約書、人身売買の記録、それから……取引相手である貴族名簿」

傍聴している貴族の一部から「なんだと!?」という驚きの声が上がった。

純粋に驚いているだけの者もいれば、なぜかやけに慌てている者もいる。名簿を見られては困る貴族が、この中にも数人いるようだ。

　リクトール公爵は悔しそうに顔を歪めながら、エリックを睨みつけている。

　こんなに感情を顔に出している公爵は初めて見た。

「なぜ、その場所がわかった⁉」

「優秀な者が教えてくれましたよ。まぁ、候補は他にも何ヶ所かあったので、本当の隠《かく》れ蓑《みの》を見つけるのに少し苦労はしましたが」

「少し……？」

　エリックの言葉に、カイザとイクスが苦い顔をしながら反応する。

　数日間、睡眠もろくに取らずに走り回っていたのだから、少しの苦労という言葉が引っかかるのも無理はない。

　それにしても、情報を教えた優秀な者ってジェイクのことかしら？

　ジェイクがルイード皇子に渡していた、あの封筒が頭に浮かぶ。

　その後、カイザが屋敷で発見した物を報告し、見つかったテーブルと椅子が闇市場で見た物と同じだったとイクスが証言した。

「他にも候補に上がっていた屋敷は、皆リクトール公爵の訴えにより没落させられた貴族の元屋敷でした。まさか、隠れ蓑を作るために陥れたわけではないですよね？　まぁそこは、今回の裁判では確認しませんが」

「くっ……」

さすがに本人のサインが入った証拠が山ほど出てきては、反論する気もないようだ。

……めちゃくちゃ悔しそうな顔してるけどね。

まぁ確かに、まさかこんなに大事な書類を他人の家に置いているなんて思わないもの。だから、絶対にバレないと思って安心していたんだわ。

でももっと言い訳をすると思っていたのに、あっさり受け入れるなんて意外ね。そこは伝統ある公爵家のプライドかしら？　無様に言い訳する姿は見苦しいからね。

罪を認めたリクトール公爵は、爵位剥奪、さらに国外追放とか？

何も言い返さず、仕方なく闇市場運営を認めようとしているリクトール公爵に、エリックがさらに詰め寄る。

「これで終わりではないですよ？」

「……なんだと？」

その時、ジェイクが会場に入ってきた。貴族達からは「誰だ？」という声が上がっている。

ジェイクを見たリクトール公爵は、その赤い瞳を見つめながらボソッと呟いた。

「お前は……Jか？」

おそらく、仮面をつけていないジェイクの素顔を見るのは初めてなのだろう。リクトール公爵の呟きを無視して、エリックが話を続ける。

「元ボアルネ邸をはじめとする、貴方の領地にある不審な没落貴族の屋敷を教えてくれたのが彼です」

「こんな平民の言うことを、間に受けたのか!?」

「はい。実際に証拠は見つかったではないですか。彼の情報の信憑性は非常に高いという結果です。……ではここからは、私ではなくルイード殿下へと代わらせていただきます」

「ここから……?」

ルイード皇子が立ち上がり、先ほどエリックが立っていた場所まで移動した。エリックは後ろに下がり、カイザやイクスと並んで静観する側になっている。

「闇市場の件で、この裁判が終わりだと思ったのか？　まだ、貴方には別の疑いがかかっていることをお忘れなのかな?」

少し悪どさの感じるルイード皇子の爽やかな笑みに、私まで寒気がしてしまった。

リクトール公爵は、ポカンとした顔でかたまっている。

もしかして、私の誘拐の件も!?　でも、あれは証拠不十分でどうしようもないって言ってなかった!?

「先日の巫女誘拐事件の首謀者として、貴方の名前が挙がっている」

会場に大きなざわめきが起きる。

巫女の誘拐については知れ渡っていたが、犯人は隣国の窃盗団としか言われていなかったからだ。

「それについては証拠など何もないはずだ！　他の人物が首謀者だという証拠はあるのだぞ!?　私ではない!!」

激昂するリクトール公爵に怯《ひる》むことなく、ジェイクが軽い調子で答えた。

「リクトール公爵が、グリモール神殿の大神官や隣国の窃盗団……それも、今回の誘拐にのみ関係している若い連中と会っていたのも、全て把握してます。日時、場所も言えますし、貴方と窃盗団のやり取りも裏が取れてますよ！」

リクトール公爵が、ギロッとジェイクを睨みつける。

「それは、全てお前の憶測だ‼　お前のような平民には、証言の価値などないのだ！」

「何か誤解をなさっているようですね？」

罵声を放ったリクトール公爵に、ルイード皇子が少し笑いながら言った。

バカにされたはずのジェイクも、なぜかニヤニヤ笑っている。

「彼は平民ではなく、立派な貴族ですよ。まぁ正確に言うと、貴族になったばかりですが……ね」

「なんだと⁉」

ジェイクが貴族⁉　どういうこと⁉

私までもポカンとしてしまう。

「彼の情報のおかげで、巫女の救出が迅速に行われたのです。国の巫女を救ったとなれば、その功績に見合った褒美が必要でしょう？　妹君を救われたことに感謝して、コーディアス侯爵家が喜んで領地を分け与えてくれたんですよ。……ちょうど領地に空きができたみたいでしてね」

あっ！　その領地の空きって、ドグラス子爵の⁉　皇子とエリックが言ってたあの件って、ジェイクを貴族にする計画のことだったの⁉

ま、まさか、ジェイクの証言を認めさせるためだけに……⁉

リクトール公爵も、さすがにこの展開についていけない様子だ。いつも冷静で、頭の回転が速い公爵の姿は、もうどこにもない。

「貴族だと……？　だ、だからと言って、そんなすぐに彼の証言を信じるなどと……」

「リクトール公爵？　まだ、おわかりではないようですね。我々は、一度に済ませようと今この話をしているが、もし巫女誘拐の件を後日改めて行うとしたら、どうなるか……まだわからないのか？」

「……………」

誘拐の件を後日改めてやったら、どうなるか……？　何、何⁉　どういうこと⁉

今日は闇市場の件だけでその罪を決めて、後日また誘拐の件で裁判を……ってあれ⁉　も、もしかして……。

リクトール公爵も何かに気づいたのか、下を向いて黙り込んだ。

その姿を見て、ルイード皇子がニヤリと笑う。

「わかったみたいですね。そう。闇市場の件で、貴方は爵位を剥奪される。つまり後日改めて裁判を起こした場合、平民なのは貴方のほうなんですよ。貴族である彼の証言を信じるのに、何か問題がありますか？」

「……………」

「異論はないようですね」

その日の裁判で、違法である闇市場運営に携わっていたこと、他国との違法取引、人身売買に関わっていたこと、そして、国の重要人物である巫女を誘拐した罪により、リクトール公爵の爵位剥奪と処刑が決定された。

処刑か……。

リクトール公爵のことは大嫌いだけど、それでも私がずっと避けていた処刑という判決は、心から喜べないわ。この世界での罪の重さはよくわからないし、判決に異論を唱える気もないけど……。

部屋に戻り休んでいると、バタバタ……という大きな足音が聞こえたと同時に、バァン!!　と乱暴に扉が開けられた。

足音が聞こえた時点でなんとなく察していたので、そこまでの驚きはない。こんなことをする人物は一人しかいないので、顔を見なくても誰だかわかる。

「……カイザお兄様。ノックくらい……って、きゃあっ!!」

部屋に入るなり私の元へと走ってきたカイザは、たかいたかいするように私をひょいっと高く持ち上げた。すこぶる機嫌が良いのか、笑顔でやけにテンションが高いカイザは私を持ち上げたままくるくる回り出す。

「きゃーーーーっ!!」

「リディア!!　あいつに勝ったぞ!!」

まるで高速で回されている、遊園地のコーヒーカップのようだ。

目が回る!　怖い!　酔う!　止めてぇぇーーーー!!

「カイザ!!　やめろ!!」

「カイザ様!!」

遠くなのか近くなのか……エリックとイクスの声が聞こえると、やっとカイザは回るのをやめてくれた。頭がクラクラする私は、そのままカイザの肩にガクリともたれかかってしまう。

そんな私を優しく抱きとめ、カイザは不思議そうに呟いた。

「お？　どうした？」

「どうした、じゃないだろ！　何をやっているんだお前は！　リディア、大丈夫か？」

エリックが心配そうに声をかけてくれているが、ちょっと今は答えることができそうにない。二日酔いのような気持ち悪さだ。

まったく何を考えてんのこの男は!!　この肩に吐いてやろうか！　……って、こんな人前でそんなことはできないけど!!

エリックに促され、私はソファへおろしてもらえた。私の顔が真っ青になっているらしく、イクスは水を貰いにいってくれたらしい。

部屋の奥では、カイザがエリックに怒られている。

女の子を高速で回してはいけない！　と言われているようだけど、そんな注意をされている人なんて初めて見たわ。エリック……もっとキツく言っておいてください。

しばらくして体調が回復すると、他の部屋へと案内された。

すでにルイード皇子とジェイクが席に着いていて、目の前にあるテーブルにはたくさんの料理が並んでいる。どうやら、みんなで一緒に食事をするようだ。

「忙しくて、一度もみんなで食事をしたりできなかったからな。功労者として、イクスもジェイクも一緒に座って食べてほしい。今夜は無礼講だ」

ルイード皇子は私とイクスに向かってそう言ってくれた。

いつもの無駄に長いテーブルではなく、八人用くらいのサイズのテーブルだ。六人で座ると距離も遠すぎず、ちょうどいい。

なんだか打ち上げパーティーみたい！　ジェイクもいるし、堅苦しい作法などはなしで食事を楽しめるなんて最高だわ。席はどこに座ろうかな？

私が迷っていると、ルイード皇子が自分とジェイクの間に一つ空いた席を勧めてきた。

「リディア。ここに座るといい」

「そうだね！　リディ……ア様、どうぞ僕の隣へ」

「あ、じゃあ……」

その席へと向かおうとした時、エリックに手を掴まれた。

「いや。リディアは俺と一緒にこちらに座ろう」

「そうですね。俺がその反対側に座ります」

「おい、イクス！　そこは俺だろ⁉」

「すみません、カイザ様。今日は無礼講ですから」

なぜか、兄達やイクスまで私を隣に座らせようとしてくる。リディアが紅一点だから？

私はどこでも構わないけど、どうやら彼らには譲れない何かがあるらしい。

「何を言っているんだ。リディアは婚約者である俺の隣に決まっているだろう?」とルイード様。

「僕は人見知りだから、彼女の隣じゃないと落ち着かないのさ!」とジェイク。

「どの口が言ってんだ。……俺も、今日は譲る気ないです」とイクス。

「ここは家族で並んで座ったほうがいいだろう」とエリック。

「そうだ! そうだ!」とカイザ。

えーーーと、どうすればいいの。この状況。

なぜか、男全員が立ち上がって睨み合っていますよ。これから楽しい宴会ではないんですか? なぜ、こんな席一つでバトっていらっしゃるんですかねぇ……って、みんな拳を握っているけど⁉

え⁉ まさか、殴りあったりしないよね⁉

男達はみんな目で合図を送り合い、全員が大きく息を吸う。そして、全員が同時に大きな声で叫んだ。

「ジャンケン　ポン‼」

…………おいおい、ウソだろ。この小説の世界、ジャンケンがあるのかよ。というかジャンケンて‼　王族と貴族が‼

この国宝級イケメン達が真剣にジャンケンをしている姿がおもしろくて、気づかれないように肩を震わせて静かに笑った。

ジャンケンの結果、私の隣はルイード様とイクスに決定したらしい。この二人に挟まれると、気持ちがムズムズするんだけど……なんでだろう。

「ほら、リディア」

ルイード皇子が、お肉を食べやすいサイズに切ってくれた。そのお皿をスッとさりげなく近くに置いてくれる。

「ありがとうございます。ルイード様」

「リディア様。こちらもどうぞ」

イクスが、少し離れたところに置いてあったフルーツを、私用に小皿にまとめてくれた。綺麗に盛りつけしてくれている。

「ありがとう。イクス」

お礼を言うと、二人ともすごく優しい笑顔を返してくれた。

無理！　こんな近くでこんなの見せられたら、悶え死ぬ!!　ルイード様の笑顔も、イクスの笑顔も、破壊力凄すぎだから!!

やけにドキドキしてしまい、せっかくの料理をあまり食べることができなかった。

時間が経ちみんなの食事が落ち着いてきた頃、エリックが今後についての話を始めた。賑やかだった雰囲気が、一気に真剣な空気へと変わる。

「次はサラ嬢と大神官ですが、二人は罪を認めたのですか？」

エリックの視線は、ルイード皇子に向けられている。

皇子は一瞬私をチラッと見たあと、エリックに向き直った。

「いや。二人ともまだ認めていない。自分は利用された被害者だと、言い続けている」

「えっ⁉」

思わず声が出てしまった。みんなの視線が私に集中する。

「リディアには黙っていたが、サラ令嬢は今回の誘拐の件に自分は無関係だと主張している。大神官の冗談だと思っていた、契約書も本物だと思わなかったからよく読まずにサインしてしまった、本気で誘拐するつもりなどなかった……と」

ルイード皇子が申し訳なさそうに話してくれる。

はあぁ⁉　冗談だったですって⁉

こっちは暗い荷馬車の中でも、牢に入れられた時にも、サラ本人の自供をしっかりハッキリ聞いてるんですからね‼

「私は彼女の自白を聞いています。そんな私の証言では、証拠にはなりませんか？」

「証拠になることはなるのだが……実際、彼女は裏切られて牢に入れられている。それは彼女とリディアの話した内容と一致している。一応、彼女も被害者ではあるのだ。さらに今回の裁判で、首謀者はリクトール公爵だったということも確定したから……」

「サラは……罪に問われないのですか？」

「いや。さすがに何もお咎めなしとはならない……が、軽い刑罰で終わる可能性が高い。サラ令嬢の父親も、納得のいく理由がなければ認めないだろう。今も娘を返せとうるさいからな」

「そんな……では、どうすれば……」

サラが確実に私を狙っていたこと、誘拐を実行させるつもりだったことを、どうやって証明すればいいの？

処刑とかまではさせるつもりなんてないけど、少しの罰金で終わりっていうのも納得できない！

サラは、本気で私を他国に売り飛ばすつもりだったのよ⁉

軽い刑罰なんかで解放されたら、また私を狙ってくる可能性だって高いわ。きっと、サラはエリックや他のみんなのことを簡単には諦めないはず……。

「本人にまた自白してもらうしかない。リディアの前だけでなく、裁判所で」

前に座るエリックが言った。その両隣に座っているジェイクとカイザも、うんうん頷きながら同調している。

「それしかないだろうね～」

「それが一番簡単だろ！」

本人にもう一度自白してもらう⁉　簡単⁉　何言ってんのよ！　あのサラが、みんなの前で自白なんてするわけないじゃない‼

「簡単じゃないわよ。あのサラが、今さら自白なんて……」

すると、ずっと何かを考え込んでいたイクスが口を開いた。

「ちょっとした作戦があるんですけど……」

三章
サラとの最終決戦

episode.03

Akuyakureeijyo ni tensei shitahazuga shujinkou yorimo dekiai sareteru mitaidesu

王宮の中でも少し暗く、装飾品の少ない建物。重罪の疑いのある貴族が、裁判までの間だけ拘束される貴族専用の特別警護室。

私は今、サラが滞在している部屋の前に立っている。

「ふぅ……」

「大丈夫ですか？　リディア様」

私の後ろには護衛騎士のイクスがいるけど、彼を部屋の中に同行させるつもりはない。

「大丈夫よ。イクスはここで待っててね」

「ですが……やっぱり自分も」

「ダメよ！　イクスがいたら、成功しないわ」

少し冷たく突き放すと、イクスはそれ以上しつこく言ってくることはなかった。そもそも、この計画の提案者はイクスだというのに。


昨日の食事の際に、イクスの提案した作戦とは『私がサラと話をする』ということだった。

この提案がされた時、みんなは驚いていた。王宮に来てからというもの、皇子や兄達は私とサラを会わせないようにしていたからだと思う。

「サラ嬢の聴取を、リディアにしてもらうだと!?」

最初にエリックが大きく反応した。イクスは怯むことなく話を続ける。

「はい。今までルイード様やエリック様が聴取をされましたが、サラ令嬢の言い分は何も変わっていません。冗談のつもりだったと、言い続けています。おそらく、今後他の誰が聴取をしても変わらないと思います」

「リディアが相手なら、変わるってことか？」

カイザが腕を組みながら聞いた。

「おそらく。……こんなことを言うのはあれなのですが、その……サラ令嬢には、もう一つの顔があると思っています」

「もう一つの顔？　なんだそりゃ？」

「我々の前のサラ令嬢は、弱々しい雰囲気の女性ではないですか？　ですが、俺は見たことがあるんです、違う顔を。祭祀の日の朝、リディア様の部屋にやってきたサラ令嬢は、相手によってコロコロと態度を変えていて……。リディア様の前だけは、顔つきも、声色も、態度も、別人のようでした」

あっ！　あの日のことね！

あの日、サラはイクスが部屋にいることに気づいてなくて、少し素を出しちゃったのよね。

イクスの話を聞いて、ルイード皇子も何かを思い出したかのように話し出す。

「俺も知っている……。王宮でパーティーがあった時、侯爵令嬢用の控え室で、サラ令嬢がリディアに怒鳴っている声が廊下まで響いていたんだ」

そういえば、そんなこともあったわね。あの時のルイード様は、初めて女の裏の顔を知って怯えていたっけ……。

「あの声は本当にヒステリックで、メイド達もみんな怖がっていた……」

そのことを思い出して、皇子の顔色は少し青くなっていた。軽いトラウマになっているのかもしれない。

「牢でもそんな感じだったよね？　彼女。僕が冷たくしたら、少しだけ本性を出していたよ！」

ジェイクもいつもの軽い調子で言った。

みんな、意外とサラの本性をチラ見しているのね。とはいえ、彼女が本気で素の状態になったら、もっともっと凄いんだけどね！　まぁそんな姿を見られるのは私だけ…………あっ⁉

「サラ令嬢は、なぜかリディア様の前でだけ少し違う顔を見せるのです。なので――」

「私がサラの聴取をしたほうがいいのね！」

イクスの言葉を途中で遮ってしまった。けれどイクスは不機嫌になることもなく、真っ直ぐに私を見つめてコクンと頷いた。

「はい。他の人がやるよりも、何か別の言葉を引き出せるかもしれません」

イクスの案に、みんなが納得していた――が、みんなどこか不満そうでもある。

そしてそれは、提案者であるイクスも同じだった。

「それはいいが……リディアとサラ令嬢を同じ部屋で会わせて大丈夫だろうか？　何か危害を加えてくるかもしれない」

ルイード皇子が心配そうに言った。

同じことを考えていたと思われるエリックとカイザが、私を見つめる。

「大丈夫です。俺が付き添いますから」

そう言ったイクスに、カイザがすぐに反論した。

「いや！　ここは俺が一緒に行くから大丈夫だ」

それを聞いたエリックが、会話に入っていく。

「カイザでは別の意味で心配だから、イクスでいいだろう」

「別の意味で心配ってなんだよ！」

「お前がいたら、リディアとサラ嬢がまともに会話できなくなるかもしれないだろう」

「なんでだよ⁉」

そんなやり取りを見て、黙っていられなくなり手を挙げた。

「あのーーーー……」

「なんだ？　リディア？」

ルイード皇子が優しく聞き返してくれる。

言い合いをしていたエリックとカイザも、こちらを見た。

「誰もついて来ないでください。私一人で行きますから」

「何⁉　……それはダメだ。危険すぎる」

ジェイク以外の全員がうんうん頷いている。完全にサラを危険人物だと思っているということだろう。

……サラの本性になんとなく気づいているのかと思ったけど、みんな全ッッ然わかってなかったわ!!

私の前なら本性を出すわけじゃなくて、イケメンのいない所で本性を出すのよあの女は！　同じ部屋にいたら、意味ないから!!

……ジェイクはわかっているみたいだけど。

「サラはイケ……男性の前では、その姿を見せないんです。だから、私一人で行きます。大丈夫!!さすがにここで何かしてくるほど、サラもバカではないですから！」

……たぶんね。

「……男性がいたらいけないのであれば、女性ならばいいのか？」

ルイード皇子が尋ねてきた。

その言葉を聞いて、カイザとイクスが「あっ！」と何かに閃いたような反応をしている。

「まぁ……そうですね。本当は私一人のほうがいいですが、他にあと一人くらいであれば女性がいても大丈夫かもしれません。メイドを同行させるのですか？」

「いや。女性騎士を呼ぶ」

「女性騎士⁉」

今まで見たことないけど、この国にも女性騎士がいるの⁉　ええ～～女性騎士とか素敵！　カッコいい！　会ってみたい～!!

そんな私の心の声が、表情に出ていたらしい。全員が私の顔を見て驚いている。

「……女性騎士が嬉しいのか？」

「お前……わかりやすすぎるほど、顔がパーーッと明るくなってたぞ」

エリックとカイザにそう言われて、顔が少し赤くなる。

「え……だって、女性騎士だなんて……カッコよくて、素敵じゃないですか……」

照れながらぽそっと呟くと、先ほどまで驚きで大きく見開いていたみんなの目が、冷めたように細められた。

「……女性騎士呼ぶのはやめません？」

とイクスは言い出しているし、

「だが、メイドでは何かあった時に対処が……女性騎士が一番適切なのだが……」

とルイード皇子は考え込んでしまったし、

「じゃあ、騎士くんが女装すればいいんじゃないかい？」

とジェイクはふざけてイクスに睨まれている。

エリックとカイザは、特に女性騎士でも問題はなさそうだ。ただ、カイザは「なんで女の騎士だと素敵なんだ？」とブツブツ言っていたけれど。


……と、まぁ結局、女性騎士を呼んでくれたんだけどね！

昨日のことを思い出していた私は、イクスの隣に立っている女性騎士ライラをチラッと見た。背が高く、ストレートの髪は一つに縛ってある。口数の少ない美人でとてもカッコいい。

「彼女が一緒に中に入ってくれるから、心配しないで」

「……では、俺は扉の前で待機しています」

残念そうなイクスと離れ、私とライラはサラのいる特別警護室へ入る。私が来ることを知らなかったサラは、目を丸くして驚いていた。

「……!!　貴女……」

「久しぶりね。サラ」

サラは私の後ろにいるライラを見たあと、他に誰かいるかと扉のほうを確認している。

ここでの発言はこの騎士からも外に伝わるとわかっているのか、さすがに最初から本性を出してくることはないようだ。

「……リディア様！　ご無事で本当によかったわ！　二人で牢に閉じ込められて怖かったですね！　まさか、大神官があんなことをするなんて……」

「…………」

どうやら、私の前でも『私は冗談のつもりだった』『大神官がやった』ということにするつもりみたいね。

あくまでも自分は被害者側だとアピールですか？　まったく……。

でも私だって、サラに本性を出させるための罠をいくつか用意しているんですからね！　いつまでその弱々しい令嬢の仮面を被り続けていられるかしら？

さぁ。サラと腹の探り合いバトルを始めましょうか。

「驚いたわ。私を誘拐したのは大神官の独断で、自分は冗談のつもりだったと言っているそうね」

私の言葉に、サラの顔が一瞬だけ歪む。けれど後ろにいる女性騎士ライラを見て、すぐに元のわざとらしいエセ令嬢顔に戻った。

「あら。だって本当のことですもの。もしかして、リディア様は私の言うことを信じてくれていないのですか？　そんな……あんな目に遭ったのに疑われているなんて、ショックですわ……」

泣き真似だけは、本当に上手いと思う。よくそんな簡単に涙目になれるものだ。

相変わらず、セリフだけはわざとらしすぎて下手だけどね。

「疑うも何も、実際サラが私に言ったんじゃない。自分が大神官に話を持ちかけた、私を誘拐して他国に売り飛ばして一生監禁してやる！　って」

「そんな言い方してな……!!　あ、あらやだ。リディア様ったら。誘拐の恐怖で、変な夢でも見てしまったのですか？　私、そんなこと一言も言っていないですよ？」

「そう？　私、結構覚えているのよ。巫女として売るから、奴隷よりはまともな生活ができるわって言われたし」

「言っていません」

「私が牢から出してってお願いした時にも、無視して行こうとしていたし」

「違います！　あの時は、本当に誘拐を実行された恐怖で何も考えられていなかったんです！」

ふーーん。そういうことにしてるのか。

私とサラが牢に入れられたタイミングが違うこと、どう説明してるのかと思ってたけど。

「あの時は私、何もできなくて……。リディア様には本当に申し訳なかったと――」

「あ。そういう演技はもういいわ」

私が話の途中で止めると、サラは一瞬だけジロッと睨んできた。サラの本性を出すために、彼女をイライラさせるのも作戦の一つだ。

「それに、リディアは崖から落ちて死んだことにするから、他国に売り飛ばしてもバレないって言ってたじゃない」

「そんなこと言っていませんわ！　変な疑いをかけるのはやめてください!!　ひどいです、リディア様……」

カッときてはいるけど、あくまで被害者ぶる態度は変えないのね。

じゃあ、早速一つ目の罠を仕掛けますか。

「エリックお兄様が、正式にあなたとの婚約破棄を申し入れたわ」

サラの顔が強張《こわば》り、硬直したのがわかった。

サラはとにかく、エリックと結婚をして小説の世界のようにみんなからチヤホヤされるのを望んでいたわ。その逆ハー展開はおろか、エリックとの結婚自体がなくなるのはどう？

ちょっと冷静ではいられなくなるんじゃないかしら。

実際には、まだ婚約破棄の話はサラの家には伝えていない。エリックはすでにサラと結婚する気なんてないけれど、申し入れは裁判が終わってからする予定でいる。

でも今回、サラの本性を出すためにも、ウソをつかせていただきます!!

「婚約……破棄……？　私とエリック様が……？」

サラはまだ信じられないといった様子だ。

次にくるセリフはなんとなく想像できる。

「そんなはずないわ……。だって、ここは私とエリック様が主役の世界なんだもの。どんなことがあっても、必ず私とエリック様は結婚するはずよ……」

サラは目を泳がせながらブツブツ言い出した。

王宮のパーティーでの控え室を思い出すわね。あの時も、サラは一人でずっとブツブツ言っていて怖かったわ。

「よく考えてごらんなさいよ？　妹を誘拐したかもしれない疑惑を持たれた令嬢と、結婚なんてするわけないでしょ？　どちらの家にとっても不名誉だわ。きっとサラのお父様……ヴィクトル侯爵だって同じ意見のはずよ」

「本当に……エリック様との婚約を破棄にするの？」

「そうなるわね……って、ええっ!?」

突然サラが泣き出した!!　ポロポロ泣きではなく、いわゆるギャン泣きだ。

後ろに立っているライラが、口を開けたまま唖然としているくらいには驚いて……いいえ。ドン引いてしまうような光景だった。

「そんなのダメ!!　せっかく『サラ』に転生できたのに、『エリック』と結婚できないなんてあり得ないわ!!　結婚しなきゃ、溺愛ハーレムの話が始まらないじゃない!!　わぁぁぁーーー」

「…………」

ライラの引き顔がどんどん酷くなっていく。きっとサラの言葉の意味がわからないから、余計に何言ってんだコイツ状態になってしまっているのだろう。

それにしても、エリックにもう少し愛情を持っているのかと思ってたのに……。結婚しなきゃ溺愛ハーレムの話が始まらない、ですって？

サラにとっては、あくまで溺愛ハーレムが最重要ってわけね！

エリックのことも、ただの利用できるイケメン溺愛要員としか思っていないのが、よーーくわかりました！

そして、その為だけに私を一生監禁されるような場所に売り飛ばそうとしたっていうのもね！

やっぱり、それなりの罰は受けてもらうわよ！

冷静さを失ってるところを利用させてもらいます。二つ目の罠よ。

「泣いているところ申し訳ないけど、もう一つ伝えないといけないことがあるの。窃盗団の人達が、サラと一緒に巫女の誘拐を企てたと証言したわ」

「……なんですって!?」

号泣してボロボロの顔をガバッと上げて、サラは私を見た。悲しみから一転、驚きと怒りの表情へと変わる。

「そんなはずないわ!!　本当に私は窃盗団と契約なんてしていないし、あの誘拐の日まで彼らには会ったこともないんだから!!」

口調が素のサラになっている。

だんだんと本性を出してきたかな？

「でも、みんなサラと直接会って契約したって言ってるわよ？　契約書もあるし、証言も取れてるからあなたが首謀者という方向で裁判は進むみたい」

まあこれもウソですけど。窃盗団にとってもなんの得にもならないのに、そんな証言するはずないじゃない。

「そんなの陰謀だわ!!　リクトール公爵が企てた陰謀よ!!　だって、本当はリクトール公爵が首謀者なのよ！　貴女も知ってるでしょう!?」

「ええ。リクトール公爵がこの件に関わっているというのは、私もわかってるわ。でも、その証拠がないのよ。私の証言では、証拠にはならないの！　それはサラも聞いたでしょ？」

「……リクトール公爵はどうなったの？　裁判はもう終わったのよね？」

「……残念だけど、公爵を誘拐の首謀者として訴えることはできなかったわ。証拠がなくて、彼は無罪なの」

「無罪ですって!?　何やってんのよ！　みんな能無しだわ！　信じられない!!」

はい。こちらもウソでございます。

リクトール公爵が巫女誘拐の首謀者で処刑が確定された――なんて言ったら、余計に自分は騙されただけだって主張するでしょ。

サラがきちんと自白するまで、内緒にさせていただきます。

たとえ本当に騙されていたのだとしても、サラが自分から私の誘拐話を持ちかけたことは事実なんだから。

さぁ。サラに自白させるために、攻撃を続けましょう。

「リクトール公爵が首謀者と知っていながら無罪にするなんて、あんたも役立た……巫女であるリディア様にも、できないことがあるんですね～」

役立たず……と言いかけてやめたわね。私の後ろに立っているライラの存在を思い出したのだと思うけど、さっきの大泣きを見られているからもう遅いわ。

「ええ。私にはなんの力もないわ。サラがこのまま首謀者として断罪されることになっても、私には何もできないわね」

サラの顔色が真っ青に変わる。

そして腰を少し浮かせて、テーブルをバン！と叩いた。

「ちょっと待ってよ！私じゃないって知ってるじゃない！」

「リクトール公爵が黒幕だということは知ってるけど、元々サラも仲間だったんでしょ？それなら同じことじゃない？」

「仲間じゃないわ!!リクトール公爵には会ってないもの!!私は、彼らに裏切られた被害者よ!!」

一瞬で素のサラに戻るわね。これ、本当に私がいないところではずっと気弱な令嬢を演じていたの？ちょっと信じられないんだけど……。

「でもね、今サラの発言を信じている人はいないわ。言っていることに矛盾があるし、巫女である私の話とも食い違いがあるし。このままでは、本当に全ての黒幕として捕まってしまうわよ」

「……………!!」

「国の巫女を誘拐して、他国に売り飛ばそうとした。この国に対しても裏切り行為になるし、その首謀者ともなれば相当罪は重いわよ」

サラは私を見つめたまま硬直し、そのあと力尽きたように椅子に座り込んだ。どこを見ているのかわからない目は、一点を見つめて動かない。

きっと今、頭の中でグルグルと考え込んでいるのだろう。

「重罪……黒幕……まさか、処刑……？　いや、そんなはずない……私は主人公よ……？　こんな時はヒーローが助けに……でも、婚約破棄……」

またブツブツ言い出したわ。

でも、かなり心が揺れているみたい!!　あと一押し!!

「サラが窃盗団と直接契約していないのは、リクトール公爵の発言があるから信じてあげるわ」

私の言葉を聞いて、サラの顔にパアッと希望の色が浮かんだ。

「……!!　そうよ！　私は窃盗団とは会ってないわ！　そうみんなに証言してよ!!」

「いいわよ。でも、その証言をするには条件があるわ。サラにも、きちんと自分の罪を認めてほしいの」

「私の……罪？」

「そうよ。あなたが、本当は私を消そうとしてたっていう罪よ。今はこうして無事でいられているけど、もし……」

そう。もしジェイクが気づいてくれていなかったら。みんなの助けが遅かったなら。誘拐後、すぐに船に乗せられていたなら。

私は今どうなっていたのか……考えるだけで恐ろしいわ。

きっと他国の巫女として、人目につかないようにずっと監禁されていたはず。誰にも発見されることなく、一生を檻の中で過ごしていたかもしれない。

私は震えそうになる自分の拳を、ギュッと握った。

その様子を見て、サラが複雑そうな顔をしている。

「あなたがウソをつくことなく全て正直に話してくれるなら、私もあなたにかけられている誤解を解くのに協力するわ」

これは作戦でもなんでもなく私の本心よ。

サラのことは簡単には許せないけど、だからって処刑されてほしいなんて思ってない。自分のやったことの責任くらいは、ちゃんとケジメをつけてほしいだけ。

「……そんなことをしたら、エリック様との結婚が絶望的になるじゃない」

「……そこは、もうすでに絶望的よ」

「……カイザ様やイクス卿との結婚の可能性もなくなるわ」

「……そこも、すでに可能性はないわ」

イクスはサラのこと好きだったけど、今回の作戦を提案したのはイクスだから……もう好きではないのかもしれないし。

もしかしたらイクスは可能性あるかもなんて、言わないほうがいいわよね。

サラはふざけているのか本気なのか、真面目な顔で話している。サラのことだから、おそらく本気で言ってるのだろう。頭の中の花畑が枯れることはなさそうだ。

「……実は、大神官も誘拐には無関係だと言い張っているわ。大神官の名前は契約書にはないし、彼が関係していると主張しているのはサラだけなの。でも、あなたの供述には矛盾点があるから、あまり信用されていないわ」

「…………」

「あなたが嘘偽りのない証言をしてくれれば、あなたの発言には信憑性が出るの。お願いだから、本当のことを全部話してほしい」

「…………」

サラの顔は険しいままだ。でも、本気で考えてくれてるということはわかる。

私の気持ちが少しでも伝わっていてほしい。

私は静かに立ち上がった。これ以上話すことはない。あとはサラを信じるしかない。

「……あなたの良心が、少しでも反省してくれていると信じているわ」

それだけを言って、ライラと一緒に部屋から出ていく。

扉が閉じる瞬間、ずっとうつむいていたサラが顔を上げて私を見たのを、目の端で感じた。

「…………ふぅ」

「リディア様！　大丈夫でしたか!?」

イクスがすぐにかけ寄ってきてくれたけど、私は口の前に人差し指を立てて「シーーッ」と囁いた。

まだサラの部屋の前だ。話すのは、もっと部屋から離れてからのほうがいい。

しばらく歩いたところで、私はイクスに言った。

「本性を出させて話すことには、わりと簡単に成功したわ。でも、今度の裁判でサラが本当のことを話すかどうかは……わからないわ」

「そうですか……。ライラ卿、サラ令嬢の様子はどうでしたか？」

「あのお姿が本性なのですか？　……凄かったですよ。言っている内容も意味不明ですし、コロコロと態度が変わるし、突然大泣きされるし……かなり不安定な方でした」

ライラの言葉を聞いて、イクスが苦々しい顔をした。

通常業務に戻ってもらうためライラとはその場で別れ、イクスと二人で部屋へと戻る。

あっ！　そういえば、一応あれを確認しておこうかしら！

「ねぇ、イクス。エリックお兄様とサラが婚約解消したら、イクスは今でもサラと結婚する気はあるの？」

「……今でも？　……いつ俺がサラ令嬢と結婚する気があったのか記憶にないですが、過去も現在も未来も、サラ令嬢と結婚する気なんてないですよ」

別に隠さなくてもいいのに！　前に聞いた時は、俺のものにするとか言ってたじゃない！

まぁ、さすがに気持ちは冷めたってことかしら。ここまで小説の内容とは変わってきているんだもの……一途《いちず》なイクスの恋が冷めたって、不思議じゃないわよね。

「……イクスも大人になったのね」

「なんですか、それ。……というか、なんでそんなに嬉しそうなんですか？」

「え？」

嬉しそうな顔してる？　私が？

えっ。なんで？　イクスのサラへの気持ちが冷めたことが嬉しい……のかな？

「よくわかりませんが、俺はまだまだ子どもですよ。……リディア様が俺を大人にしてくれますか？」

イクスが少しだけ顔を近づけてきた。首をかしげるようにしてジッと見つめてくる。端整な顔の底知れぬ威力に、思わず一歩後ずさってしまった。

「ど、どういう意味？」

「……それは、俺のほうが聞きたいんですけど」

急に冷めた顔になったイクスは、パッと離れてまたスタスタ歩き出した。短髪なので、赤くなっている耳が丸見えだ。

なんだか少し気恥ずかしい雰囲気のまま、私達は部屋へと向かった。


サラの裁判の日がきた。

私と会った日から、サラは何も喋らなくなってしまったらしい。今日の裁判でサラがどんな証言をするのかわからない――と皇子が言っていた。

ルイード様が聴取を取っても黙秘を貫くなんて、イケメン好きのサラらしくない。喜んで会話を楽しみそうなのに。でも、被害者のフリをやめたということは……ちゃんと本当のことを話してくれるかもしれないわ。

今回は、私も関係者として一階の会場に行けることになっている。

エリックは一応まだサラの婚約者なので、一階の会場には私とルイード皇子の二人で行く予定だ。

今日は巫女としての立ち会いになるので、スカートの広がり過ぎていない真っ白なAラインドレスを着ている。装飾などはほとんどついていないけど、それでも思わず目を引いてしまうほどに美しいドレスだった。

……真っ白なドレスを着ると、あの誘拐の日を思い出すわね。サラの裁判の日にこのドレスを着るのか……。きっと、サラも思い出すわよね。

髪の毛はハーフアップにしてもらった。

本当はアップスタイルにしてもらいたかったけど、白いドレスにアップスタイルとなるとどうしても祭祀の日と比べてしまう。悔しいけれど、サラほど上手にヘアアレンジができるメイドなど、この異世界にはいないだろう。

「リディア、準備はできた？」

「はい。ルイード様」

裁判が始まる前、ルイード皇子が部屋まで迎えにきてくれた。少し暗くなっていたところを見られていたのか、皇子は心配そうな目を向けてくる。

「……大丈夫？　無理しなくていいんだよ」

「大丈夫です。最後まで、ちゃんと見届けます」

「……わかった。けど、限界がきたら正直に言うこと！　絶対に！」

「ふふっ。わかりました」

私が笑ったので、皇子は少し安心したように優しく微笑んだ。

はい!!　今日もルイード様の笑顔に元気もらいました!!　私、頑張れます!!

皇子の腕に掴まり、リクトール公爵の裁判を行った時と同じ建物に入っていく。

一階に入るのは初めてだけど、上から見下ろしてくる貴族達の視線に神経が削られていくような感覚がして気分が悪くなる。

こんな中、ルイード様やエリックはリクトール公爵と争っていたのね。

私達は、前回皇子とエリックが座っていた場所に並んで座った。もうすぐで裁判開始時間のため、サラが会場に入ってくるはずだ。

ギィィ……。

扉が開く音が聞こえ、みんなの視線が一斉に扉に向けられる。

シンプルなネイビー色の服を着たサラが、会場に入ってきた。

サラは初めて見る豪勢な会場に一瞬目を丸くしていたが、すぐに真顔に戻り真っ直ぐに歩き出した。

パチッとほんの一瞬だけ、サラと目が合った気がする。

いつも大勢の人の前では、主人公パワーなるキラキラしたオーラを発現させてにこやかに振る舞っていたサラだけど、今日は違う。

笑顔もなく、決して愛想のよい態度とは言えない。だけど暗すぎることもなく堂々としている。

私以外の人の前であんな態度をしているのは初めて見たわ。あの様子だと、もしかして弱い令嬢の仮面を被るのはやめたのかしら。

リクトール公爵の時と同じ裁判官が、裁判の始まりを告げた。

「サラ・ヴィクトル侯爵令嬢。貴女には我が国の巫女を誘拐監禁、さらに他国へ売り渡そうとした計画の発案者として疑いをかけられています。まず、こちらに関しての異議申し立てはありますか？」

サラはその言葉に焦る様子もなく、堂々とした態度でキッパリと答えた。

「いいえ」

!!

会場がわっとざわめいた。

認めた⁉　今、認めたの⁉

裁判官も意表を突かれた様子で聞き返す。

「この疑いが真実だと認めるのですね？」

「はい。ですが、補足させていただきたいことがございます」

「わかりました。お話を続けてください。今回は討論形式となりますので、反対意見や質問があればどうぞ」

裁判官はルイード皇子に向かってそう言うと、後ろへと下がった。

サラは「ふぅ……」と小さく息を吐き、背筋を伸ばしてから淡々と話し始める。

「私は巫女であるリディア様の誘拐を計画いたしました。邪魔なリディア様にいなくなってほしかったからです」

サラは私の顔を見ながら、悪びれもせずに言った。

隣に座るルイード皇子が拳を握り締めながら立ち上がり、サラに質問を投げかける。

「なぜ、巫女であるリディアが邪魔だったのだ？」

「私の婚約者でもあったエリック様は、妹であるリディア様をいつも優先されていたので。それが気に入らなかったのです」

「そ、それだけで……？」

皇子が信じられないといった顔で震えている。

傍聴席からも「なんて女だ！」といったヤジが聞こえてくるくらい、ガヤガヤとして騒がしい。

二階の傍聴席から、赤褐色の髪の男性が一階へ飛び降りようとしているのを、二人の男性が必死に止めているのが見えた。

「無茶です!!　カイザ様！」

「はなせ！　あの女に直接文句言ってやる!!」

「ちょっと力強すぎ！　騎士くん、もっとそっち押さえて！」

その後ろでは、金髪の男性が腕を組んだ状態でそれを冷静に見ている。

……何やってんの、あの人達は。

サラの耳にも聞こえているはずなのに、全く気にする素振りもなくサラは質問に答えた。

「ええ。……私にとっては、それだけと言えるほど些細なことではなかったのです」

「なぜ、今になって本当のことを話してくれたのだ？」

「私がやっていないことまで私のせいにされるのは、我慢ならないからです。自分のやったことは都合の悪いことも含めて全てお話しするので、関係のない罪は取り消していただきたいのです」

そう言って、サラは大神官と話した日時や会話の内容、誘拐の実行計画は全て大神官に任せたこと、牢に入れられる寸前までは自分も実行犯の仲間のつもりでいたことなどを話した。

私が聞いた内容と、実際に牢で起きた内容――全て一致しているわ。

まさか、本当にここまで正直に全部話すなんて思わなかった……。被害者面もしていないし、どうしちゃったの？　本当に反省してくれたのかしら？

サラの話を聞き、裁判官から質問が出た。

「グリモール神殿の大神官とは主張が違っています。貴女の主張が正しいと、証明できるものはありますか？」

あっ!!　ここは私の出番ね！　理由はどうであれ、サラが全て話してくれたのだから、私も約束は守らないと!!

私は手を挙げて立ち上がった。

「私が証明いたします。牢で起きた出来事も、彼女の動機や計画も、私が知っていることと一致いたします。大神官との会話までは存じ上げませんが、マーデラス・リクトールの話していた内容と、窃盗団のメンバーが話していた会話から、彼女が裏切られたことは明白です。その際に、元々彼女が提案する前から巫女の誘拐は計画されていたのだということも聞いております」

被害者側である巫女が容疑者を庇《かば》ったため、また会場がざわざわとしている。

まぁ普通ならありえない光景よね。

「彼女は……確かに巫女の誘拐を計画しました。ですが、今回の事件は彼女の発案から動いたものではありません」

サラが真っ直ぐに私を見つめている。

睨んでいるのでもなく、恨みのこもった目でもない。

何度も会っているのに、初めて見る顔だ。これが本当のサラの顔なのかもしれない。

討論が終わり、判決を待つ間もサラは怯える様子もなく静かにしていた。しばらくして裁判官が判決を言い渡す。

「サラ・ヴィクトル侯爵令嬢。貴女は、巫女の誘拐の計画を企てた。しかし実行犯との直接的な取り交わしは行っておらず、計画を立てたのみで、深くは関わっていなかった。自身も被害者ではあるが、やはり巫女を危険に晒す思想を持った者は国への裏切りと同義である。よって、サラ・ヴィクトル侯爵令嬢の貴族としての権限を全て剥奪。国外追放とし、今後一切自国への入国を禁止とする」

平民格下げに、国外追放……!! とりあえず処刑にはならなくてよかったけど……。

サラはショックを受けた様子もなく、どこか少し安心しているようにも見える。裁判が終わってすぐに会場から出ていこうとしたので、慌てて後を追った。

ルイード皇子に呼び止められたけど、どうしてもサラと二人で話がしたいとお願いしたらしぶしぶ納得してくれた。

「サラ!!」

私が呼ぶと、サラはピタリと足を止め、ゆっくり振り返った。

一階の扉を出てすぐの廊下には、今は私とサラしかいない。少し離れた場所に警備兵がいるが、会話までは聞こえないだろう。

「何よ。あんたの望み通り、全部話したわよ」

「うん……。まさか本当に全部話してくれるとは思ってなかったから、驚いたわ。どうして全部話す気になってくれたの?」

サラは私をジーーッと見つめてから、突然ニヤッと笑った。

「あのあと冷静に色々考えたのよ。エリック様に婚約破棄されて、これからどうすればいいのか。だって、もうこの国で新しくいい縁談を期待しても無駄でしょ?」

「…………ん? 縁談?」

「平民になるのは避けられないと思っていたから、それは覚悟できていたんだけど。平民になっても私の悪名は残ってしまうから、この国にいる限りまともな結婚は期待できないわ。それなら、国の危険人物として国外追放されたほうがいいかなぁ~と思って!」

「……え?」

「私が正直に話せば、処刑にはならないようにしてくれるって言ってたし、そっちのほうが得だと思ったから話したのよ！　どうせ人生やり直すなら、私のこと知らない人がいる国のがいいでしょ？」

サラはキラキラした顔で言い切った。

「……あなたらしい考え方ね」

私はため息をつきながら、呆れたように言った。

サラは何か文句でもありますか？　というような顔をしている。

「まぁいいわ。全部話してくれたんだし。……もし国外追放されたあと誰かに唆《そそのか》されても、私を殺しにきたりしないでね？　それこそ処刑エンドになってしまうから」

「はあ!?　何よそれ。それはあんたの未来だった…………え？　今、なんて言った？　処刑エンド？」

その言葉を知ってるなんて……あんた、やっぱり転生者だったのね？」

サラの質問に、私は肯定も否定もせずにニヤッと笑った。

まるでイタズラが成功した子どものように。

サラはそんな私を見て、「はぁぁーーーー」と長いため息をついた。呆れたような、悔しいような、複雑な顔をしている。

「なんか……やられた！　って感じがして悔しいけど、もういいわ。……私だって、いつか新しい国で美容師として活躍してやるから！　『異世界で一番人気の美容師』になって、私を追放したこの国に後悔させてやるわ」

「‼　ふふっ。楽しみにしてるわ」

サラは初めて私に笑顔を見せてから、また歩き出した。

強がっていたけれど、本当は不安なのだろう……サラの手は少し震えていた。

サラの背中が見えなくなるまで見送ったあと、ゆっくり会場へと戻る。

傍聴席にいた貴族達はもう帰ったようで、広い会場には一階に集まっているみんなの姿しかなかった。

「こんな高い場所から飛び降りようとするなんて、何を考えているんだ」

「このくらいなら余裕なんだよ！」

「そんなこと言うなら、エリック様も手伝ってくれたら良かったのに〜。大変だったんだから、押さえるの。ねぇ騎士くん？」

「リディア様について行かなくて本当に大丈夫なのですか？」

「リディアが二人で話がしたいって言ったのだから、待つしかないだろう」

ワイワイ盛り上がっているその光景を遠巻きに見ていると、不思議な感覚に襲われた。

小説のリディアにはなかった、私の居場所……。

リディアに殺人を示唆したジェイクも、犬猿の仲だったカイザも、私の処刑を望んだエリックも、私の処刑を実行したイクスも、毒で死んでいたルイード様も、ここにいるみんなとは別人だ。

小説の主人公であるサラが国外追放されて、完全に小説のストーリーは消えてなくなった。ここからがリディアの——私の、新しい人生のスタートだわ。

もう処刑エンドに怯えなくていい！　私の思うまま、自由に生きていくわ!!
私は笑顔でみんなの元へと歩いていった。

四章

婚約を保留にする猶予期間

episode.04

Akuyakureeijyo ni tensei shitahazuga shujinkou yorimo dekiai sareteru mitaidesu

サラの裁判から数ヶ月、私は落ち着いた日々を送っていた。

処刑エンドに怯えることもなく、やっとこの世界で平和に生きていけるという幸せを味わっている。

サラの裁判が終わった数日後に、巫女誘拐事件に関する裁判は全て終わった。

私の誘拐を企んだあの痩せサンタのような大神官や、誘拐を実行した窃盗団の奴らも、全員重い罰を下されたらしい。

サラの裁判で気力を使い果たした私は、大神官の裁判には行かなかった。

もう顔も見たくなかった――という理由もあるけど。

裁判後に会ったカイザはやけにスッキリとした顔をしていたわ。きっと、相当な刑罰になったんでしょうね……。

なんだか怖くて、詳しくは聞けなかった。

大神官が突然いなくなったグリモール神殿は大丈夫なのかとか不安は色々あるけど、そこはもう私の知るところじゃない。

そして、国外追放になったサラはすでに国を出たらしいという報告も受けた。思っていたよりも早い出発だった。

サラが国を出た……。

もう、この国にサラはいない。小説『毒花の住む家』の主人公サラは、本当にいなくなったのね。

あのサラならきっと、違う国でもたくましく生きていけると思う。異世界一の美容師を目指して――。

そして、私もこれからは自由に生きていける……。

「リディア、何しているんだ？」

「エリックお兄様！　天気がいいので、外で本を読んでいました」

そんなことを考えながら庭の木陰に座っていると、エリックがやってきた。

今日もサラサラの金髪を風になびかせ、本の中の王子様像そのものだ。前髪の隙間から見える薄いグリーンの瞳が、優しく私を見つめている。

エリックが外に出てくるなんてめずらしいわね。いつも用事がある日以外は、執務室にこもっている人なのに。

……なんとなく嫌な予感がするわ。

少し離れた所で剣の素振りをしていたイクスが、タオルで顔を拭きながらこちらに歩いてきた。

焦茶色の短い髪の毛から垂れる汗が、なんとも言えず色っぽくて素敵……ってなんだかこれじゃ変態っぽくなっちゃうな。

そんなバカみたいなことを考えていると、エリックが本題を口にした。

「陛下に頼まれたんだ。……明日、リディアに王宮に来てほしいそうだ」

「王宮？　……それは、どのような用なのでしょう？」

私の質問に、エリックは少し気まずそうな顔をしながら答えた。

「おそらく……ルイード様との婚約の件だろうな。皇子ももう一七歳だ。曖昧になっているお前との婚約を確定させたいのだろう。……お前は今でもルイード様と婚約解消したいと思っているのか？」

エリックとイクスの視線が私に集中する。

「まぁ……そうですね。やっぱり王宮に嫁ぐのは荷が重いです」

正直にそう答えると、エリックとイクスがホッと安心したように見えた。

……私が王宮に嫁がないほうが嬉しいのかしら？　普通の貴族なら喜んで皇子と結婚させようとすると思うのに……。

「そうか。ならば、お前のその気持ちを正直に陛下に伝えてくるといい」

「はい」

侯爵家のことよりも私の気持ちを優先してくれるエリックの優しさに、少し感動してしまう。

なぜか機嫌の良さそうなイクスは、再度素振りを開始していた。


次の日、早速私は王宮へ来ている。

どうやらルイード皇子は執務で出かけているらしく、私は一人で陛下に会わなければいけないようだ。

ううっ。一人で陛下に会うとかつらい！　キツイ！　帰りたい！　なんでルイード様はいないのよーーーーー!!

王宮の執事に案内された部屋に入ると、陛下はすでに待ってくれていた。

小さなテーブルと、その横には椅子が二脚。一つは陛下が座っているので、もう一つは私用の椅子だろう。小さなテーブルの上には、ミニケーキやクッキーなどがたくさん用意されている。

……これは、陛下と一緒にお茶会的な感じで話せってことなのかしら？　うん。つらい。

「お招きいただきありがとうございます、陛下」

「堅苦しいのはいい。早くこっちに座りなさい」

陛下はいつも通りニコニコしながら優しく話してくれる。私が椅子に座ると、すぐにメイドがやってきて私に紅茶を淹れてくれた。

緊張して喉が渇いているけど、緊張してるから飲める気がしないわ！

でも何も口にしないのも失礼よね？　話が落ち着いたら少しはこのケーキ達も食べたほうがいいかしら。

「いきなり呼び出してすまなかったな。どうしてもルイードのいない日に話がしたかったものだから、急ぎの呼び出しになってしまった」

「い、いいえ。私は大丈夫です。それより、ルイード様には内密のお話なのでしょうか？」

「ああ。ルイードがいたら正直に話せないかと思ってな。……君とルイードの婚約の話なのだが、今の正直な気持ちを教えてもらえるか？　まだ婚約解消したいと思っているのか？」

陛下の優しい顔を見ると言いにくいけど……正直に言うしかないよね。

「……はい」

「そうか。ルイードのことが嫌いか？」

「そんなことありません！　ルイード様はとても魅力的な方です。ですが、私は……」

「嫌いでもないが、男として好きというわけでもなさそうだな。ふむ……。では、今好いている相手はいるのか？」

「い、いいえ」

好きな相手？

処刑エンドを逃れることばかりで、そんなこと考えていなかったわ。

陛下は何かを考え込みながら私を見つめている。優しいとはいえ、やはり陛下の目に真っ直ぐ見られると威圧感がすごい。

まるで心の中を透かして見られているようだ。

「よし！　では、半年の猶予を与えるとしよう。半年経ってもリディア嬢に好きな相手が現れなければ、その時はルイードと結婚してもらおう」

は!?

ちょっと。陛下が何かおかしなことを言い出しましたよ？　話が違くないですか!?

「あ、あの陛下。私が望めば婚約は解消してくださるのでは……」

「でもリディア嬢はこの国の巫女だからな。本当ならば、有無を言わさずに結婚させるところなのだぞ？　だがなんでも言うことを聞くという約束だからな。さらに半年待つとしよう」

「………」

陛下は笑顔のまま、少しの脅しと少しの仁義をアピールしてきた。約束が変わってしまったことに対する申し訳なさはあまり感じない。

確かに、普通なら陛下に命令されたら私に拒否権はないけど！

いきなりそれってズルくない⁉　選択肢があるようでほぼないじゃない！　これだから王族ってやつはぁーーー‼

……はぁはぁ。落ち着け私！　どんなにイラついても、私の出せる答えは一つしかないんだから。

「わかりました……」

そう。侯爵令嬢の私が、陛下からの提案を断ることなんてできない。

ああーーー。私の平和なほのぼのライフが‼

好きな人ができたって振られたら意味ないし、要は恋人を作れたらってことでしょ？　この世界って、恋人＝結婚相手じゃん！

一六歳にして婚活しなきゃいけないってこと⁉


「はぁ……」

王宮に行った日から三日。私はいつもの庭の木陰に座り、ずっとため息をついている。

今まで色恋沙汰なんてなかった私に、半年で恋人なんてできるのかしら？

陛下との話を伝えたら、エリックはなんとも言えない顔してたし。あれ、絶対もう諦めたみたいな顔よね。

半年後に恋人がいなかったら、ルイード様と結婚か……。ルイード様は嫌いじゃないけど、なんか……こんな気持ちのまま結婚するのは違うような……うう――ん……。

一人で唸っていると、イクスがこちらに近づいてきているのに気づいた。

「リディア様」

「あ。イクス。用事は済んだの？」

「はい。……また唸っていたんですか？」

「う……」

イクスが不思議そうな顔で見つめてくる。実は、陛下に言われた内容はまだエリックにしか伝えていないのだ。

「王宮に行った日からずっと様子がおかしいですが、何かあったんですか？」

……別に隠さなきゃいけない内容でもないし、言っちゃおう。

「半年以内に恋人ができなかったら、ルイード様と結婚することになったわ」

「はあぁ!?　……あ。すみません。それに承諾したんですか？」

イクスは一瞬素の男子みたいな反応をしたが、すぐに普段通りの真顔に戻った。

「承諾するしかなかったわよ……。私は一応巫女だし、本当なら私の意思なんて聞かれずに結婚することになっててもおかしくないわけだし」

「まぁ……それはそうですけど……」

私が半泣き状態でシュンとしているからか、イクスはそれ以上何も聞いてこなかった。無言のまま私の隣に座ると、静かに空を見上げた。

……イクスのこういうところ好きなのよね。一緒にいても疲れないし、落ち着くわ。

その時、空を見上げていたイクスが急に顔を下に向けた。ボーーッとしているのかと思っていたけど、真剣な表情を見る限り何かを考え込んでいるようだ。

そして突然ボソッと呟いた。

「半年か……」

「ん？」

うまく聞き取れずに顔を覗き込もうとした時、急にイクスが私のほうに顔を向けた。深い緑色の瞳と間近で目が合い、心臓がドキッと跳ねる。

「半年後に恋人がいれば、ルイード様と結婚しなくていいんですよね？」

「え？　ええ。そうね」

「なら、俺の恋人になりませんか？」

「えっ⁉」

な……何言っちゃってるの⁉　イクスさん！

「こ、恋人……？　になる？　誰と誰が……？」

「俺とリディア様です」

イクスはすごく真面目な顔をしているので、冗談ではなさそうだ。

え？　え？　恋人？　私とイクスが？　えーーと……頭がついていかないんだけど。

イクスを見つめるだけで言葉が何も出てこない。

「…………」

「……恋人ができないと、ルイード様と結婚なんですよね？」

「う、うん」

黙ってしまった私を見兼ねて、イクスが会話を続けてくれる。

「でもリディア様は王宮には嫁ぎたくないから、なんとしてでも半年以内に恋人を作らないといけない……そうですよね？」

「そ、そうね」

「それで、その恋人候補はいるんですか？」

「恋人候補……」

頭の中をフル回転させているが、そんな人物など出てくるわけがない。

この異世界に来てから学校にも舞踏会にも行っていない私は、恋人候補はおろか友達だっていないのだ。

すごく身近にいい男はいるけど、エリックとカイザはリディアの実の兄だからダメだし。執事のアースはもうおじいちゃんだし。

「……いませんよね？　だから俺でいいじゃないですか。フリですよ。恋人のフリ」

「恋人のフリ……」

な、なんだ。本当に恋人になるのかと勘違いしちゃったわ。フリならフリって最初に言ってよね！

もう！　……でも、イクスと恋人のフリ？

チラッ

目の前にいるイクスを改めて見てみる。

文句のない端整な顔立ち、焦茶色の短い髪は少しツンツンに立っていて、現世でいうと爽やかスポーツ少年のようだ。

……いや。基本的に真顔が多いから、爽やかっていうよりかはクールスポーツ少年って言ったほうが正しいかしら。どちらにしろ、学校にいたらめちゃくちゃモテるタイプ！

そんな人と、たとえフリでも恋人ごっこなんて無理!!　ドキドキしすぎて痙攣《けいれん》しながら倒れるわ！

「…………」

「嫌なんですか？」

イクスがどんどん顔を近づけてくるので、私はお尻を引きずりながら少しずつ離れる。

その時、頭に赤い瞳の人物が浮かんだ。

「あっ！　ジェイクがい……」

「却下です。あいつだけは絶対にダメです」

……即座に却下されてしまったわ。

「……そんなに俺は嫌ですか？」

イクスがめずらしく少し落ち込んでしまった。いつもマイペースで堂々としているのに、今はズーーンと暗いオーラが漂っている。

うっ！　そうよね。これじゃイクスを拒否しているみたいだわ。ただ私が恥ずかしいだけなのに……ちゃんと理由を言わないと可哀想よね。

でもなんて言えばいいの⁉

イクスとだとドキドキしちゃって無理！　なんて、そんな可愛いセリフ言えないっ‼

「あ、あのイクス……」

「リディア様！」

イクスに声をかけようとした時、メイが私を呼びにきた。なにやら急いで来たらしく、ゼェゼェと息が乱れている。

「メイ。どうしたの？」

「はぁはぁ……お、お客様です。エリック様が、リディア様もすぐ来るようにとおっしゃってました」

「お客様？」

「ダーグリヴィア侯爵様と、その御子息のサイロン様です」

サイロン……？　って……小説の中でリディアの婚約者だったあのサイロン⁉

なんで⁉　なんで今さらサイロンが登場するのよ⁉　まさか……小説の通り、次の私の婚約者候補として⁉

一気に頭が真っ白になる。

と、とにかく行かないと……！

私はすぐに立ち上がり、急ぎ足で屋敷へ戻った。

あーーっ、もう！　イクスとの話も途中だし、サイロンにも会うことになっちゃったし、どうすれ

ばいいの⁉

自分の部屋に一度戻り、着替えてから応接室へと向かった。後ろには先ほどから黙ったままのイクスがついて来てくれている。

イクスへのフォローもしたいところだけど、今はサイロンが先だわ！

だって、サイロンが小説通りの人物であれば面倒くさいことになる可能性が高いもの！

コンコンコン
「入れ」

中からエリックの声がして、イクスが扉を開けてくれた。

テーブルを囲み座っている三人の男性が、部屋へと入っていく私に注目している。

一人は王子様のような金髪の青年、私の兄であるエリック。その向かい側に座っている小柄なおじさまがダーグリヴィア侯爵だろう。

ということは、その隣に座っているこの青年が——サイロンね。

サイロンはリディアの二つ年上だったから、今は一八歳。イクスと同じね。

さすが元々主人公を溺愛する主要メンバーの一人だったサイロン。イクスやエリックと並んでいても、違和感ないくらいには整った顔をしている。

座っているので正確にはわからないけど、手足がすごく長いので身長も高そうだ。ネイビーブルーの髪は前髪も襟足も少し長めで、まるで歌舞伎町のホストを彷彿させる。

そんなサイロンのシルバーの瞳は、真っ直ぐに私を見つめたまま動かない。

「はじめまして。リディア・コーディアスでございます」

ドレスのスカートを持ち軽く会釈をしながら挨拶をすると、ダーグリヴィア侯爵がにこやかに挨拶を返してくれた。

「これはこれは……噂には聞いていたが、本当に美しいお嬢さんだ。なぁ、サイロン？」

「………………」

父親に声をかけられているというのに、サイロンは一切反応しない。無視しているというよりは、聞こえていないと言ったほうが正しいだろうか。

と、いうか…………めっちゃ見られてる！　めちゃくちゃ見られてるんですけど！

え⁉　そんな見ます⁉　見るにしても、もう少し目線を外しながらチラチラ見たりしない？　顔や身体の向きが完全に私に向いてるし、思わず私のほうが目をそらしてしまうほど凝視されてますけど！

あああ。なぜか後ろにいる護衛騎士から変なオーラが出ている気がするし……。背筋がゾッとするのは気のせいかしら。

「サイロン……？」

もう一度父親であるダーグリヴィア侯爵が声をかけると、サイロンはハッとして急に立ち上がった。

そして私の目の前まで来て、片膝をついてこちらを見上げた。

「なんて美しい人なんだ。こんなに綺麗な人は見たことがない。君は空から舞い降りた天使……？

君のあまりの美しさに、俺の心は危うく空へと連れていかれるところだったよ」

ぎゃーーーーーーー!!　でた!!

小説のまんまだわ！　サイロンの寒すぎるキザセリフ！　一気に全身鳥肌モノだわ！

ほら。周りをよく見て！

エリックなんて今までにないほどの冷めきった顔をしているし、イクスなんて白目をむいちゃってるわ！

もちろんそんな周りの空気に気づくはずもなく、サイロンはスッと私の左手をとるとその甲にキスをした。

ぎゃあああーーー!!　何してんのよあんたぁぁーーーー!!

鳥肌を通り越し、もう硬直状態だ。

小説を読んでいた時から、このキザなサイロンは生理的に合わなかったのよね！

サラはサイロンから好かれていたはずなのに、サイロンとのエンドは全く考えてなさそうだった。

きっといくらイケメン好きのサラでも、サイロンのキザっぷりは無理だったんだわ。

ああああ。もしかしたら小説とは違うキャラになってるかもとか期待したけど、やっぱりそのままだったか。というか、もういい加減手を離して！

「ご、ご丁寧にどうも……。あの、そろそろ手を離してくださいますか？」

「ごめんよ。君の願いなら全て叶えてあげたいのだが、困ったことに俺の右手がどうしても君の左手と離れたくないと言っているんだ。恋でもしてしまったのかな？」

サイロンが上目遣いでウインクしながら言った。

ぎゃあああああーーーー!! ぞわぞわする! なんかさっきより強く握られてるし! 嫌!!

その時、私とサイロンの間にイクスがスッと入ってきた。

イクスはサイロンに握られている私の左手首をそっと掴み、少し威圧感のある低い声で言い放つ。

「失礼します。リディア様が困っているので、手を離していただけますか」

イクスにそう言われ、サイロンは私の手を離して立ち上がった。

ああ、よかった。やっと離してくれたわ。イクスありがとう……………って、えっ!? イクスとサイロンがめちゃくちゃ睨み合ってるんですけど!?

やっぱり思った通り、面倒くさいことになっちゃった!

サイロンは美人にはキザ男全開なんだけど、男に対しては態度がコロッと変わるのよね。男版サラというか……。

イクスに手を離すよう言われたのが相当頭にきたのか、サイロンがイライラした口調でイクスに噛みついてくる。

「はぁ!? なんだ、お前。誰に向かって言ってるのかわかってんのか?」

あらあら。先ほどのキザ男とは別人ね。侯爵家の御子息とは思えないほどの態度の悪さだわ。

イクスは全く怯む様子もなく、むしろさらに声を低くして対応している。

「自分はリディア様の護衛騎士です。主人が困っている時に助けるのが仕事ですから」

「いつ彼女が困ってたんだよ!?」

「最初からずっと困っていましたが」

「なんだと⁉　ちょっとエリック様！　コイツにはもっと礼儀ってやつを叩き込んだほうがいいですよ！」

そう言いながら振り向いたサイロンは、エリックの顔を見てビクッと身体を震わせた。

隣に座っているダーグリヴィア侯爵が真っ青になっているほど、エリックの顔が冷たく凍りついていたからである。

エリックは冷めきった笑顔を浮かべながら、サイロンに向かって口を開いた。

「……サイロン様。リディアの護衛騎士のイクスには、日頃から妹に近づく危険や害虫から妹を守るようにと伝えてあります。妹を守るための行動であれば、多少の無礼も許可しております」

「エ、エリック様……？　それではまるで、俺が害虫だと……」

「そんなことは言っておりませんよ。たとえば、の話です」

「たとえば……」

「ああ。ですが、これだけは言っておきましょう。今後はリディアの許可を得ることなく、妹の身体には触れないでいただきたい。私にとっても大事な妹なのでね」

「は、はい……」

エリックは終始笑顔だったが、そのあまりの威圧感にサイロンもすっかり大人しくなってしまった。

父親である侯爵も、エリックが怖いのか見て見ぬフリしている。

こんな所も小説のサイロンそのままだわ。自分より身分の低い男の前でだけ、あんな偉そうな態度になるのよね。

でもナイスよ。お兄様！　よく言ってくれました！

イクスも助けにきてくれて嬉しかったわ。……ちょっと守られている感じにドキッとしちゃったし。

「ありがとね」

私は隣に立っているイクスにコソッとお礼を伝える。

イクスは少し不機嫌そうに私の顔をジーーッと見ると、はぁ……と小さくため息をついた。

おい。なんでお礼を言ったのにため息つくのよ！

「リディア。もう戻っていいぞ」

「あっ。は、はい」

突然エリックに名前を呼ばれたので、思わずビクッとしてしまった。

つい今さっきまで怯えていたサイロンは、またコロッと態度を変えてキラキラした目で私を見つめてくる。

「ええ〜〜行ってしまうの？　せっかく出会えたというのに、運命というものはなんて意地悪なんだろう……。こんなに想い合っている二人を引き離そうとするなんて。俺には耐えられそうも——」

「では失礼いたしますね！　サイロン様、さようなら」

自分に酔いしれているサイロンの話を笑顔でぶった斬り、イクスと一緒に急ぎ足で部屋を出る。

あーーほんっと無理だわあの男！

ううう。さっきキスされた部分の感触が残ってて最悪！

部屋に向かっている間、イクスがメイドに何かを持ってくるように頼んでいた。それが濡らしたタオルだとわかったのは、部屋に戻ってからイクスに左手を出すよう言われたからだ。

「きちんと拭いておきましょう」

ソファに座っている私の左手を持って、さっきサイロンにキスされていたところを優しく拭いてくれる。

サイロンに触られていた時はあんなに鳥肌が立っていたのに、不思議……。

「全然嫌じゃない……」

「え？」

イクスが驚いて顔を上げる。

「え？」

……え⁉　私、口に出してた⁉　やだ！　どうしよう！　本人の目の前で──。

「サイロン様にキスされたの、嫌じゃなかったんですか？」

…………は？　なんでそうなるわけ？

一気に赤くなっていたであろう私の顔は、きっと今エリック並みに冷めた顔になっていることでしょう。

「嫌だったに決まってるじゃない！　今だって、まだキスされた感触が消えなくてすっごく嫌な気持ちなのに」

「え？　でも今全然嫌じゃないって……」

イクスはわけがわからないといった顔をしている。

左手はまだ掴まれたままだが、タオルを動かすのを忘れているみたいだ。

「……だから、今の話よ。今、イクスに触られてても嫌じゃない……って意味で言ったの」

「…………」

恥ずかしくてイクスの顔を見ないで言ったんだけど、なんの反応もないわ！　ちょっと。何か言ってよ！　余計に恥ずかしいじゃない。

チラッとイクスを見てみる。

イクスは真顔で口を少し開けたままポカーーンとしていた。まるで思考がストップしてしまっているみたいな顔だ。

「……イ、イクス？　大丈夫？」

「……あ。いえ……え？　……現実か？」

「え？」

「い、や……その……なんでもないです」

イクスは力が抜けたようにしゃがみ込み、下を向いて手で顔を隠してしまった。見えている部分の顔が赤くなっている。

……もしかして、照れてる？

え？　イクスが？　照れてるの？　か、かわいい……！

赤くなっているイクスが可愛くて、少しニヤニヤしながらその様子を見つめてしまう。すると突然顔を上げて、上目遣いのイクスと目が合った。

頬にはまだ赤みがさしているが、その顔はやはり可愛いというよりはカッコいい。……かなり。

イクスは一度離していた私の左手をもう一度触り、その甲を見つめて何かを考えている。

「さっき、まだ感触が消えなくて――って言ってましたよね……？　まだ……今でもまだ残ってますか？」

「え？　ええ。まだ残ってるけど……」

タオルで拭いてもらっても、人の感触というものはなかなか消えない。すごく不快だけど仕方ないだろう。消えるのを待つしかない。

でも、なんで……？

イクスは私から視線をそらしながら、ボソッと呟く。

「なら……まだ俺のほうがいいですか……？」

「え……？」

イクスと一瞬だけ目が合う。

その後彼は視線を私の手に移し、そのまま私の手を自分の顔……口に近づけた。

え!?　うそ……!?

手が口に触れそうになった瞬間、イクスがピタリと動きを止める。

「…………」

「…………」

時間が止まったかのように、二人とも動かない……というか動けない。

「イ、イクス……？」

コンコンコン

その時いきなり扉をノックされたので、二人揃ってビクーーッと肩を震わせた。

イクスが、バッと勢いよく私の手を離す。

あっ……手、離されちゃった。

「イクス卿。エリック様がお呼びです」

扉の外から聞こえる声に、イクスは「今、行きます」と言ってすっくと立ち上がった。顔は私からそらされているので、どんな顔をしているのか見えない。

「…………」

「…………すみませんでした」

小さな声でそう呟くなり、イクスは私を見ないまま足早に部屋から出ていってしまった。

え、えええええ!? 何今の!? 手にキスされるのかと思ったぁぁーーーー!!

心臓がバクバクしていて身体が一気に熱くなる。顔は絶対に真っ赤になっているに違いない。

私はイクスに触られていた左手を見た。キスはされなかったけど、あんな近くに顔を近づけられたら同じことだ。

……イクスの顔がすぐ近くにあったという感覚だけで、サイロンの感触なんて消えてしまったわ！

サイロンの感触が消えてよかったが、今度はまた違う感覚が消えそうにない。不快感は全くないけど、今日は落ち着いて寝られるかが心配だ。

ドキドキはまだまだおさまりそうになかった。

◆エリック視点

なんなんだ、あの男は！

ガチャン！

乱暴にカップを置いたせいで、中の紅茶が少し溢《こぼ》れる。

ダーグリヴィア侯爵が帰ってからずっとイライラがおさまらない。

勝手にリディアの手を握っただけでなく、キスまでするとは！

あの時イクスが動いていなかったら、背中に思いっきり蹴りをいれていたところだ。あの寒々しいセリフにも、身分が下の者を馬鹿にする態度も、全てが気に入らない。

さらにはリディアに対して婚約を申し入れてくるとは……なんて図々しい奴なんだ。

この害虫男一人でも十分に不快だというのに――。

チラリと、机の端に重ねてある手紙の束に目をやる。これは昨日から続々と届きはじめたもので、全てリディアとの婚約・結婚を申し込んできた内容だ。

ルイード皇子との婚約を保留にした件が、なぜかすでに高位貴族の中で知れ渡っているらしい。巫女であるリディアを我が息子の婚約者にと、たくさんの申し出がきている。

ガチャ！

「おい!!」

扉が開くと同時に、カイザの怒鳴り声が執務室に響く。

「リディアに婚約を申し込む手紙がたくさんきてるって、一体どういうことだ!?」

「……お前にはまだ話していなかったが、リディアはこの前王宮に行って陛下から半年間の猶予期間をいただいているん――」

「リディアと皇子を婚約解消させて、すぐに違う男と婚約させる気か!?」

カイザは俺の言葉を遮り、勝手に話を進めていく。

ちゃんと聞いているのか？

「俺が募集したわけではなく、話を聞いたヤツらが勝手に――」

「リディアの意思を無視してそんなこと決めたら、俺が無理やり破談にしてやるからな！」

「俺がそんなことするわけないだろう！」

コンコンコン
カイザと言い争っていると、扉をノックされた。

「失礼いたします。イクスです」

「入れ」

カイザと同時に呼び出したイクスが、部屋に入ってくる。そして、中にいる俺達を見るなりピタリと足を止めた。

獣のような鋭い目で俺を至近距離で睨んでいる野獣……もといカイザを見たなら、それ以上近づきたくないと思うのは至極当然な判断だ。

それに、俺も我慢の限界だ。

「カイザ！　いい加減にしろ！　まともに話す気がないのなら出ていけ！」

「ふん！」

扉を指して怒鳴りつけると、カイザは不服そうな顔をしたまま俺から離れ、部屋のソファにドスンと座った。

まったく面倒な男だ。

イクスがその前に座ったのを見て、俺はため息混じりに話し始めた。

「……サイロン様から、リディアと結婚したいという申し出があった」

「だから、なんでまだ婚約解消してないのにそんな話がくるんだ⁉」

すかさずカイザが噛み付いてくる。

まったく……やはり話を聞いていなかったな。

イクスは嫌悪感丸出しの顔でこちらを見ている。あの数分間のやり取りで、害虫男――サイロン様をだいぶ嫌ってしまったようだ。

まぁそれは俺も同じだが。

「だから先ほど説明しただろう。この半年間は、婚約者はいないものとして行動してよいという許可を得ているんだ。あまり知れ渡ってはいないのだが、もう貴族の上層にはある程度広まっているらしい」

そう説明すると、カイザの眉間にシワが寄った。何かに納得できていない顔だ。

「それ、あの皇子様が本当に許してるのか？」

「……ルイード様に遠い地の視察に行かせて、その間に勝手に陛下が決めたんだ。おそらくルイード様は知らないだろう……」

皇子はこのことを知らない。知っていたら、こんなこと許可するはずがない。

リディアの気持ちを汲むためには、内密に動くしかなかったのだろう。そこまでして行動してくれた陛下には感謝するが、もしも皇子がこの状況を知ってしまったら――あの温厚そうな皇子が、どんな行動に出るかわからない。

「……リディアは本当にルイード様とは結婚したくないと言っているのか？　あの皇子ならリディアを任せてもいいと思えたが、それ以外となると却下だ！　特にあんなダーグリヴィア侯爵子息なんてもってのほかだ！」

「……何か知っているのか？」

カイザはサイロン様には会っていない。なのに、なぜ彼を知っているんだ？

不思議に思い問いかけると、カイザはチッと舌打ちをしながら説明した。

「あのアホの話は騎士団内でよく聞くぜ！　美人を見つけるとすぐに口説いて手当たり次第だってな！　何人か身内が狙われた連中が愚痴ってたぜ」

あの男……本当にどうしようもない男らしいな。

「やはりそんな男なのだな。初対面でいきなりリディアの手にキスをしていたから、まともではないとは思ったが……」

そこまで言ってハッと口を閉じる。

チラリと見ると、カイザはなんとも言えない黒いオーラを放ちながらゆっくりと立ち上がった。

「なんだと……？　誰がリディアにキスをしたって？」

カイザが鬼の形相で俺を見下ろしてくる。

ああ……面倒くさい。

この件は黙っているつもりだったが、つい口を滑らせてしまった。

「その件は、本人にその場でしっかり警告したからもう大丈夫だ」

「…………ちょっとあのアホ一発殴ってくるわ。イクス、行くぞ！」

「喜んで同行します」

カイザの言葉に、すぐにイクスが同意する。少し嬉しそうに見えるのは気のせいか。

「おい。やめろ。あれでも一応侯爵家の長男なんだ。面倒を起こすな」

「チッ！　おい。いいか。そんな男が新しい婚約者だなんて絶対に認めないからな！　俺がリディアの結婚相手として許せるのは、ルイード様と……あとはイクスだな！　この二人だけだ！」

突然名前を出されたイクスは、驚いてカイザを見上げている。そんなイクスに、ニッと笑いながらカイザが言った。

「お前は信頼できる男だからな」

「カイザ様……」

まぁたしかに、イクスとルイード様ならリディアを大事にしてくれるだろう。俺もその二人であれば信用しているが、それは俺達が決めることではない。

それに、今はそんな話をしている場合ではないのだ。

俺は再度机の端に置いてある手紙の束に視線を向け、口を開いた。

「その意見には同意だがな。今は、これからどう対応していくかの話し合いが必要だ」

「これから？　そんなアホ子息なんて無視しておけばいいだろ。他の奴らも全員無視だ！」

「他の奴ら？　もしかして、他にもリディア様と婚約したいという打診を受けているのですか？」

俺の視線の先に気づいたイクスが、少し不安そうな声で問いかけてくる。

「ああ。身分の低い者ならその場で断れるのだが、『巫女』であることが影響しているのか侯爵家や力のある伯爵家、それから公爵家からも話がきている」

「はあ⁉　だからなんだよ！　まさか、受け入れるつもりか⁉　無視しろよ、無視！」

「……それが簡単にできるなら、最初からお前に相談などしない」

「なんだと⁉」

カイザがまた唸るようにこちらを睨みつけてくる。

はぁ……。イクスだけ呼び出せばよかった。

自分の意見を素直に口に出すカイザにイライラしてしまう。

俺だって、できるなら無視したいしすぐにでも断りの連絡をいれてやりたい。だが、皇子との婚約を解消するなら新しい婚約者候補の選定も大事だ。リディアを適当な家に嫁がせるわけにはいかない。

どんな人物なのか、一度くらい会って確認したほうがいいだろう。……しかし、あまり知らない男と長時間会わせるのは反対だ。二人きりにもしたくない。

正直な気持ちを言えば、新しい婚約者など必要ないと思っている。だが、俺は長男としてリディアの将来も視野にいれて考えなければいけないんだ。

……自由に文句が言えるカイザが少し羨ましくもあり、鬱陶しくもあるな。

この件をカイザに知らせてしまったことを後悔しながら、今後どうしていくのが一番いいのか三人で話し合った。

五章

恋人のフリ

episode.05

Akuyakureeijyo ni tensei shitahazuga shujinkou yorimo dekiai sareteru mitaidesu

な、なんなんだろう……。

朝食を食べ終えた私は、大事な話があるからと言われてエリックの執務室に呼ばれた。

私の前には、テーブルを挟んでエリックとカイザが並んで座っている。エリックはいつものように真顔、そしてカイザはなぜかすごく不機嫌そうな顔だ。

私の後ろにはイクスが立っているが、やけに暗く淀んだ空気を感じる。

なんなの？　この空気……。

「リディア。お前に確認しておきたいことがある」

「は、はい。なんでしょうか？」

エリックが何やら慎重に話し始めた。

「お前に会いたいと言っている者が……たくさんいるのだ」

「私にですか？　たくさん、とは？」

私に会いたがってる人がいる？

そんなの転生してから言われたことないわ。あっ。もしかして、巫女の私にってこと？

「お前と結婚したいと言う男共だ！」

よく理解していない様子の私にイライラしたのか、カイザが少し怒り口調で口を挟んでくる。エリックが隣にいるカイザをジロッと睨んだが、カイザは全く気にしていないようだ。

「結婚⁉　私と⁉」

「お前の……半年間の猶予の話が、なぜか広まってしまったのだ。昨日来たサイロン様からも結婚の申し出がきているぞ」

げっ！　ウソでしょ!?　あの男、サラに惚れたって言ってなかった!?

小説の中では、遊び人だけどサラにだけは一途な人だったのに。サラを国外追放しちゃったから、その気持ちもなくなっちゃったの？

でもとにかくあの男に好かれるのは困る！　困りすぎるわ！

「それは……ちょっと……」

「サイロン様は断っても構わないが、他の方には皆一度は会わせようと思う。ルイード様と婚約解消をしたなら、どちらにしろ新しい婚約者を探さなくてはならないからな」

エリックの提案に、今度はカイザがエリックをジロッと睨んでいる。

どうやらこの二人の意見は対立しているみたいね。でも、新しい婚約者を探す……か。そうよね。誰かそんな相手を見つけないと、ルイード様との婚約も解消されないわけだし。

でもそんな一人一人とりあえず会ってみるなんて、それこそ本当に婚活みたいじゃない！　まさか異世界でそんなことをするとは……。

「…………」

なんとなく、後ろにいるイクスが今どんな顔をしているのか気になった。

イクスは、エリックと同じで婚活賛成派？　それともカイザと同じで反対派？

「嫌なら断ってもいいんだぞ!?」

カイザが少し強めに言ってくるが、なんて答えればいいのかわからなかった。

正直にいうと、もちろん私だって恋とかしてみたい！　今までは処刑エンド回避ばかり考えていたけど、好きな人と幸せになれるエンドを求めてみたい！

ありがたいことに、私と会いたいと言ってくれてる貴族男性が何人もいるらしいし、願ってもないことじゃない。

好きになれる人がいるかもしれないいんだし、全員と会うべきよね⁉

……そうするべきだとわかっているのに、なんでだろう。ぜんっぜん気が進まない！　貴族男性？　別に会いたくない！

どんな人に会っても好きになれる気がしないのはなんで……？

「リディア？」

「あ……えーーと……」

どうしよう。なんて答えよう。

気が進まなくても、やっぱり会うほうがいいんだよね？　今は好きになれる気がしなくても、実際に会ってみれば恋しちゃうかもしれないし。

私が何も答えないので、エリックが不安を取り払うように付け加えて説明してくれる。

「会うと言っても、二人きりで会わせたりはしない。俺かイクスが必ず一緒についているし、会うのも一人五分くらいしか会わせないつもりだ」

五分で恋ができるかーーーーい！

あっ、いけない。思わずツッコんじゃったわ。でも……え？　一人五分？　アイドルの握手会かよ！

　エリックから男性に会えなんて言うのめずらしいとは思ったけど、まさか一人五分とは……。

　それじゃ会う意味なくない⁉　顔と声と雰囲気くらいしかわからなくない⁉

「なんで俺が入ってないんだよ！」

「お前が一緒ではすぐに邪魔するのが目に見えてるからな」

　カイザとエリックがまた口論を始めたので、慌てて返事をする。

「わかりました！　とりあえず皆様と会ってみます」

「……わかった。では、これから応接室に呼ぶことが増えると思う。嫌だったり、何かあったらすぐに言うんだ。いいな？」

「はい」

　私の返事を聞いてカイザは不満そうな顔をしていたが、文句は言ってこなかった。

　話が終わったので、イクスと一緒に執務室を出て自分の部屋へと戻る。

「…………」

「…………」

　黙ったまま私の斜め後ろを歩くイクス。

　イクスは昨日私の部屋から出ていったあと、夕方には戻ってきた。

　どんな顔して話せばいいのか……ってこっちは恥ずかしくてすごく気まずかったのに、イクスは全然平気そうだった。

真顔で淡々とメイと話してたわよね。私がまだイクスの顔が見れなかったから、私とは話さなかったけど……。

きっと話しかけても普通に返してきたんだろうな。

そんなことを思いながら、自分の左手をチラッと見る。

……私だけ気にしすぎなのかな？　今朝も、イクスは特に照れた様子もなく普通だったし。昨日見た照れたイクスは幻だったの？

エリックの執務室から戻ってきたイクスは、どう見ても照れてる様子なんて微塵もなくむしろ暗く落ち込んでいるみたいだったのよね。

「…………」

「…………」

「……ねぇ、イクス」

名前を呼びながら振り返ると、深いグリーンの瞳と目が合った。やはり今日のイクスもどこか元気がなさそうだ。

「はい。どうしました？」

「…………」

あ。ヤバ。何言うか考えてなかったのに、いきなり呼んじゃったわ。えーーと、えーーーーと……

「その……た、たくさんの男性と会っていくなんて、まるで婚活パーティーみたいよね？　まだ一六歳なのに変な感じ～」

あはは……と笑いながら言ったが、態度はすごく不自然になってしまった気がする。

イクスはキョトンとしながら真剣に聞いてきた。

「コンカツパーティー……とは……？」

「……なんでもないわ」

しまった！

この世界には婚活パーティーなんて言葉ないんだった！　焦りすぎて変なこと言っちゃったわ。

違う話題……何かイクスに聞きたいこととかなかったかな？　えーーと、えーーーーと……

「イクスは私が貴族男性とたくさん会うの、賛成派？　反対派？」

「え……」

「………………」

「………………」

あああーーーー。これもなんか違う！　さっき頭で疑問に思ってたことを口に出しちゃった！

イクス困ってるじゃん！

そうですよね。そんなこと聞かれても困りますよね。どうでもいいわって感じですよね。

「えーーと、今の質問もなんでもな……」

「反対派です」

「えっ？」

歩いていた足を止めて、イクスがボソッと小さな声で呟いた。私も足を止めてイクスを見つめる。

「反対……なの？　カイザお兄様と同じ意見？」

「そうですね。カイザ様と同じように、『そんなヤツらは全員無視すればいい。文句を言ってくるヤツがいたら俺がすぐに殴り込みに行ってやる！』と同じ意見ですかね」

カイザってばそんなこと言ってたの!?

貴族相手に……相変わらずめちゃくちゃね！

「というか、エリック様も内心は全く賛成なんてしていないですよ。ただ家のことやリディア様の将来を考えて、一番いいと思う選択をしているだけです。カイザ様は自分に正直なだけですよ」

私の将来を考えて……？

たしかにここで婚活を断ったら、私は望んでいない状態で王宮に嫁ぐか婚約解消できてもその後結婚できないかの二択になる可能性が高いもんね。

エリックは先のことまで考えてくれてるんだわ。

カイザは今のことしか考えてないってことね。無視したり殴り込みに行こうとするなんて、本当に先のことをなんにも考えてないわ！

……でも私が男性と会うのを反対してくれるのは、大切にされてるみたいでちょっと嬉しいけどね。

「……じゃあイクスは？」

「え？」

「イクスもカイザお兄様と同じで自分に正直ってこと？」

「俺は……」

イクスも兄達に負けないくらい過保護なのよね。反対派ってことは、将来の心配よりもやっぱり今の心配のが強いのかしら？

さっきまで元気なさそうに話していたイクスが、なぜか少し頬を赤らめて困ったように笑った。

「……俺が本当に正直になったら、カイザ様よりももっとひどいことを考えてしまうかもしれません。リディア様の将来など全く考えず、自分勝手なひどい欲望を……」

「ひどい欲望？」

私が聞き返すと、イクスは急にニヤリ……と悪人っぽい笑みを浮かべて、低い声でわざと怖がらせるような口調で話し出した。

「そうですね。この屋敷に向かう馬車を全て道中で始末して、誰も屋敷に近づけないようにしたり……。リディア様を部屋に閉じ込めて、誰にも会わせないようにしたり……」

「こわっ!!」

「ははっ。冗談ですよ」

悪人顔から一転、イクスは爽やかに笑ってまた歩き出した。

久々に見たイクスの笑顔にドキッとしてしまう。

さっきの冗談は怖かったけど、イクスみたいな人にならそれだけ執着されてみたいかも……とか思ってしまった私はおかしいのかな。

まだ少しドキドキする胸をおさえ、私達は部屋に戻った。

「リディア様のお好きな色は何色ですか？」

「ピンクや薄いブルーですね」

「ぼ、僕はこここんなに美しい人をはは初めて見ました……あのその……」

「……ありがとうございます」


「ぜひ！　私と結婚してくれませんか？」

「まだお会いしたばかりなのでなんとも……」

「俺は学校を首席で卒業しているんですよ！　そんな自分に何か聞きたいことはないですか？」

「…………特には」


エリックに呼ばれた日から数日、私は本当にたくさんの男性と会っていた。

みんな五分という短い時間の中、私に質問したり気持ちを伝えてきたり、自分について語り出したり……と人それぞれ違う時間を過ごす。

どんな五分間にするかで、その人の性格がなんとなくわかる気がするのだから不思議だ。

私はといえば、その五分間はひたすらに笑顔を貼りつけて受け答えをするだけの人形となっている。

「はあああーーー」

「リディア様ったら、ものすごいため息ですね」

メイが少し同情するような顔で言った。私はクッションを抱き締めた状態でソファに横になっている。

「だってすっっっごく疲れたんだもの！　もうやだ！　誰にも会いたくない！」

「お疲れ様です。はい。リディア様の好きな紅茶、淹れましたよ」

クスクス笑いながら、良い香りのする紅茶をスッと差し出してくれる。

やだ！　好き！　もうメイを私のお嫁さんにしたいわ！

疲れきった心が、良い香りに癒されてポカポカと温まっていく。

この数日間は本当に疲れた。まるで毎日仕事の面接を受けているような緊張感だし。上っ面な会話ばかりで、恋なんて全くできる気がしないわ。

「でも本日はもうどなたともお約束はないと、エリック様が言っておりましたよ」

「はあ〜〜やっとゆっくりできるわ……」

「あっ！」

窓の外を眺めていたメイが、突然声をあげた。メイの引きつった顔を見ると嫌な予感しかしない。

「……どうしたの？」

「サ、サイロン様がいらっしゃいました……」

げっ‼　嫌な予感的中！

初めて会った日から、二日と空けずにやって来るようになったサイロン。

父親からの書類を預かってきたとか、私へのプレゼントを持ってきたとか、何かしら理由をつけては私に会いにくるのだ。

「どうしましょう？　本日はもう予定がないと思って、イクス卿も訓練場に行ってしまいましたし……。エリック様もカイザ様も、執務で出かけてしまっています」

「わ、私一人でサイロン様に会うのはお兄様から禁止されているわ！　どんな用事かわからないけど、追い返さなきゃ……」

「ですが、サイロン様はエリック様やカイザ様以外の言うことは全く聞いてくださらないのです。もしかしたら、勝手にリディア様の部屋まで来てしまうかも……」

メイと二人、プチパニックになりながら部屋の中をバタバタ走り回る。

サイロンは昨日来たばかりだから今日は来ないと思い込んでいたわ！　どうしよう！　部屋で二人きりになんて、絶対になりたくない！

「……逃げるしかないわね？」

「そうですね」

私はドレスのスカートを持ち上げて部屋を飛び出した。

あーーもう！　またこれ⁉

サラの時にも何度か同じようなことをした気がするわ！　とりあえず、表玄関からは見えない裏庭に逃げよう！

サイロンに見つからないように、屋敷内を走り抜けてなんとか裏庭に出た。ここはサラと初めて会った場所でもある、あまり私にとっていい思い出のない場所だ。

「はぁ……はぁ……」

疲れた……。こんなに屋敷で全力疾走する令嬢とかいるのかしら？　とりあえず、サイロンが帰るまでここに隠れてるしかないわね。

ふぅーー……と一息ついたその時。

「こんな所にいたんだね。俺の可愛い小鳥ちゃんは」

突然背後からサイロンが現れた。

ぎゃーーーーーーーっ!!　なんで!?　なんでいるの!?　サラといいサイロンといい、一体なんなの!?

「サ、サイロン様……。どうしてこの場所が……」

「え？　そんなのすぐにわかるよ。君の甘い香りは、どんなに離れていても俺にはちゃんと届いてくるんだから」

意味わかんないし！　犬か！

いや。コイツと比べるなんて犬が可哀想だわ！

「今日も舞い降りた天使のようだね、リディア様。こんな人のいない場所に誘うなんて……もしかして、やっと俺の気持ちを受け入れる気になったのかな？　遠回しなアプローチも可愛いね」

サイロンは気持ち悪いほどニヤニヤしながら一歩ずつ近づいてくる。何か盛大な勘違いをしているらしい。

「誤解ですわ、サイロン様。私はあなたを誘ってなどいませんし、あなたの気持ちを受け入れる気も全くありません！」

私もサイロンと一定の距離を保って一歩ずつ後ろに下がる。

走って逃げたりしたら、きっとむこうも走って追いかけてくるはず。本気の走りをされたら逃げられるわけないわ。

「またまた……君は照れ屋さんだね。大丈夫だよ。俺は積極的な女の子は嫌いじゃないし、むしろ好きでもある。だから恥ずかしがらずに本当のことを言ってくれていいんだよ？」

話を聞いて!?　完全に拒否ってるじゃん私！　何言っても通じないんですけどこの人！　なんなの宇宙人なの!?

「本当です！　だからそれ以上私に近寄らないでください！」

「素直じゃない天使も可愛いなぁ」

ダメだコイツ！

サイロンに腕を掴まれそうになった時、目の前に人が割り込んできた。

「彼女に触らないでください」

「イクス！」

イクスが来たぁぁぁーーーー！

メイが呼びに行ってくれたのかしら？　とにかく助かったわ！

「まーーたお前か！　関係ないだろ？　俺は彼女に誘われてここに来たんだから、そこをどけ！」

急に態度の悪くなったサイロンが、イクスに噛みつく。

ここまで堂々と私に誘われたと言えるなんて、サイロンには何を言っても伝わらないのかもしれない。ハッキリ言っても自分に都合いいように解釈されちゃうし。

どうしたら私がサイロンのことを好きじゃないってわかってもらえるの⁉

……………あっ！

「リディア様があなたを誘った？」

「そうだよ。俺と二人きりになりたかったのだろう。だからいい加減にお前はどこかに――」

「違います！」

口論しているイクスとサイロンの会話に割り込むと、二人が私を見た。

私は目の前にいるイクスの腕をギュッと両手で抱きしめるように掴むと、サイロンに向かって言った。

「私はここでイクスと会う約束をしていたのです。誰にもナイショで会うつもりだったのに……。サイロン様、この意味がわかりますか？」

サイロンは目を大きく見開いて、腕をブルブル震えさせながら私達を指さした。

「な……ま……まさか、お前達……」

「はい。私とイクスはもう恋人同士なのです」

「そ……そんな……」

サイロンはものすごくショックを受けたような顔をしている。

やった！　信じてくれたみたいね！

さすがにこれだけくっついていれば信じるか。さらにもう一押ししておこう！

「まだお兄様には伝えていないので、こうしてコソコソと会っていたのですわ。私は本気でイクスのことが好きだから、あなたの気持ちは受け入れられません。ごめんなさい」

「そんな……」

「そうよね？　ねっ？　イクス」

腕に抱きついたままイクスの顔を見上げる。

イクスは今まで見たことがないくらいの気の抜けた顔をしていた。私をポカーンとした顔で見つめている。

ああっ！　そんな顔してたらバレちゃうじゃない！　話を合わせてくれなきゃ！

私はイクスをじーーっと見つめて、もう一度聞き直した。

「イクス、私達は愛し合ってるのよね？」

「……ハイ。愛シアッテイマス」

「……サイロン様。そういうわけですから」

サイロンに向かって一言そう言うと、サイロンは「嘘だ……そんな……」とブツブツ言いながら放心状態のまま帰っていった。

イクスは相変わらずの棒読み演技だったが、ショックを受けていたサイロンはその不自然さに気づかなかったらしい。

やった！　うまくいったわ。

あの時ふと頭の中に、イクスの言ってた『恋人のフリ』って言葉が浮かんだのよね。すごい効果だわ！

「うまくいって良かったわね！　イクス」

イクスの腕から離れて見上げてみると、イクスは手で顔を隠してうつむいていた。私に見られたくないのか、私とは反対側を向いている。

あれ……またこれだわ。

闇市場に行った時とかもやってたけど、イクスってたまーにこうやって私から顔を隠すのよね。

そんなに見られたら困る顔でもしているの？

「……イクス？」

「……はい」

「なんでそっち向いてるの？」

「……なんでもないです」

少し時間をかけて、やっとイクスがこちらを向いてくれた。なぜか少し困ったような、呆れたような顔をしている。

顔に「まったく……」と書いてあるような感じだ。

「イクスが来てくれて助かったわ。ありがとう。メイが呼びにいってくれたの？　よくこの場所だってわかったわね」

「……リディア様が部屋から逃げる時は、ここに来るんじゃないかと思って」

おお！　さすが私の護衛騎士様だわ。私のことをよくわかってくれてる！

イクスはこちらを向いてくれはしたが、まだ目を合わせてはくれない。めずらしくずっとソワソワしているようだ。

視線を合わせないまま、イクスがボソボソと尋ねてくる。

「さっきの……もしかして、前に言った恋人のフリ……ですか？」

「ああ！　そうなの。あんなに効果的なものなのね！　サイロン様ってば全然話が通じないから困ってたのよ。こんなに効果あるなら、最初からイクスが恋人だと言っておけばよかったわ」

「そうですか……」

私は機転の利いた行動をとれた！　と喜んでいるのに、イクスは微妙そうな態度だ。

目も合わせてくれないし、喜んでくれているようにも見えないし……どちらかと言うと、困惑しているように見える。

イクスの提案のおかげでサイロンを追い返すことに成功したのに、嬉しくないのかな？

「そういえば、イクスってば本当に演技が苦手なのね。あんなに驚いた顔していたら、ウソだってバレちゃうわよ。もっとちゃんと合わせてくれなきゃ！」

「……こっちにだって心の準備というものが必要なんですよ」

イクスが少し恨めしそうな目で見てくる。

事前の打ち合わせもなく勝手に行動したのが不満なのかしら？

「それは悪かったわ。だって、あの場で突然閃いたんだもの」

「…………はぁぁぁぁ」

イクスが大きなため息をつく。

ため息というよりは、まるで深呼吸して心を落ち着かせているかのような感じだ。

息を整えたイクスは、困惑していた顔からいつものクールな顔に戻っていた。うまく切り替えができたらしい。

「……では、部屋に戻りますか？」

「そうね」

そう言うと、イクスはスッと自然に私と手をつないできた。

⁉

え⁉　ななななんで⁉

「イクス⁉　なんで手を……」

「お静かに。あっちの木の陰から、害……サイロン様が見ています」

「え⁉」

なんですって⁉

そろーー……と言われた方向を見てみると、たしかに少し離れた場所にサイロンがいるのが見えた。

本人は木に隠れているつもりなのかもしれないが、ほぼ顔が全部出た状態でこちらを凝視している。

こっっわ！！！　まだいたの!?　もうそのまま帰ったのだと思ってたわ！

「私達の会話、聞こえていたかしら？」

「この距離であれば声は聞こえないでしょう」

「そっか……よかった」

「サイロン様の前では恋人のフリでいくんですよね？　なので、このまま手をつないで行きましょう」

「わ、わかったわ」

イクスと手をつないだまま、サイロンには気づいていないフリをして歩き出す。

さっきは私が勝手にイクスの腕にくっつくだけだったから平気だったけど、手をつなぐというのは感覚が全然違う。手のひらから伝わってくるイクスの温かさが、どんどん私の鼓動を速くしていく。

なんなのこれ。手をつないでいるだけなのに、すっごく恥ずかしいわ。

もっと軽くつなぐだけでいいのに、イクスってばやけにしっかり握ってくるし！　恥ずかしくて無性に手を離したくなっちゃう！

緊張しているせいか頭の中はプチパニック状態だ。正直サイロンのことを考えている余裕はない。

でも、サイロンには私達が本物の恋人同士だと伝わってるんじゃないかしら。きっと、私の顔は真っ赤になっているだろうから……。

屋敷に近づき、後ろをキョロキョロと確認したイクスがパッと手を離した。

「もうサイロン様は見えないので大丈夫そうですね」

「そ、そう……。まだ帰っていなかったとは驚いたわ」

「あの様子ではまた来る可能性が高いですね」

サイロンのしつこさを考えると、イクスの予想は高確率で当たると思った。

今日はショックを受けてすぐに引き下がっていたけれど、イクスが相手となるとまた噛みついてくる恐れは大いにある。

……本当にめんどくさい男ね。

そして、私とイクスの予想は的中し、その二日後にサイロンがまた屋敷にやって来たのだ。ちょうど窓の外を見ていたイクスがそれに気づき、心底嫌そうな声を発した。

「……リディア様。サイロン様がいらっしゃったみたいですよ」

「えっ⁉」

メイと一緒に私も窓の外を覗いてみると、サイロンが大きな花束を持って馬車から降りてくるのが見えた。

あの花束はきっと私へと用意した物だろう。真っ赤や濃い紫に彩られた派手な花束に、サイロンの趣味の悪さが窺える。

私のことを天使とか小鳥ちゃんとか呼んでおいて、あんな濃くて派手な花束を用意するなんて……。

私のことを考えて選んだのではなく、自分の好みで選んだんだわね。

でも今日はイクスがいてくれているし、いざとなれば『恋人のフリ』という秘密兵器があるからか心に余裕を持った状態でサイロンを迎えられるわ。

イクスとメイと一緒に玄関ホールに出ていくと、私を見たサイロンが顔を輝かせて近づいてきた。

「おお。俺の女神、リディア様よ。あなたを一目見ただけで、疲れきった心も全てが浄化されていく。勝手にあなたの元へ近づこうと動くこの足を許してはくれないだ――」

「サイロン様。本日はどのようなご用事でしょうか?」

いつもダラダラと続くサイロンの挨拶を笑顔で遮り、一定の距離を空けて彼の前に立つ。

途中で話を遮られたことなど気にする素振りもなく、サイロンはシルバーの瞳を輝かせたまま片膝をつき、私に花束を差し出してきた。

「美しいリディア様。ぜひ私と結婚してくれませんか」

ネイビーブルーのホストみたいな前髪をサラッと流し、一点の曇りもない瞳でサイロンが言った。

……………は?

え? 今なんて言ったの? 結婚?

あれ? 私、この前イクスと恋人同士なのだとサイロンに伝えたのよね? そのイクスの前で、なぜプロポーズをされているのかしら?

「サ、サイロン様……? あの……私、この前言いましたよね? 私はイクスと恋人同士なのだと」

「ええ。聞きましたとも。でも、冷静になってよく考えてみたのです。こんな男よりも、俺のほうが絶対にリディア様を幸せにできると! 目を覚ましてくださいリディア様!」

はぁぁ!?

「よく見てください！　身長だって俺のほうが高いし、家柄だって俺のほうがいいです！　それに、顔だって俺のほうが何倍も格好いいでしょう？」

サイロンの顔は真剣そのもので、全て本気で言っているのが伝わってくる。

……サイロンって実は目が見えていないのかしら？　顔の勝負でイクスよりも何倍もカッコいいですって？

それを本気で言っているのなら、まずは私の所に来る前に眼科に行ったほうがいいと思う。

必死なサイロンからのアプローチは止まらない。

「あなたへの気持ちだって、俺のほうが上です！　世界で一番あなたを愛しているのは俺でしょう」

よく言うわ！　サラのこともあっさり忘れたくせに！

その時、ずっと黙ったまま後ろにいたイクスが前に出てきた。その顔は冷ややかにサイロンを睨んでいて、ゾッとするようなオーラを醸し出している。

「その言葉には反論させていただきますよ、サイロン様」

「なんだと!?」

おお!?　もしかして、『恋人のフリ』を発動させるのね！　でもイクスの棒読みセリフで大丈夫かしら？

「リディア様のことを一番愛し……愛……あい……」

がんばれイクス！　そこは、「俺のほうが愛してる」と言うべきとこだけど……イクスには厳しすぎるかな？　でもがんばれ！　リディアの恋人の仮面を被るのよ！

「あ……愛……」

「なんだ⁉　何ブツブツ言ってるんだ⁉」

「あい…………っ！　とにかく！　リディア様は今は俺の恋人ですから！　勝手にプロポーズされるのは困ります！」

ああっ！　諦めたわ！　やっぱりイクスにはこのセリフはまだ無理だったみたいね……。

口論している二人を見て、次はスマートに言えるように練習させなくては——と考えていた。

◆イクス視点

数日前、リディア様に俺と恋人のフリをしないかと提案した。

半年の間に恋人ができなければ、リディア様はルイード皇子と結婚してしまう。本人が望んでいるのなら仕方ないが、そうでないのなら全力で止めたい。

そう思って、考えた末での提案だったんだが……リディア様からは返事がないままだった。

皇子や陛下を騙したくないのかもしれない。

それか、他に出会いがあるかもと期待している？

それとも……ただ俺が嫌なだけか？

悪いほうにばかり考えてしまい、再度尋ねることができずにいる。

もしも本当に、俺が拒否されているのだとしたらどうしよう。そう落ち込んでいたはずだった。

毎日毎日リディア様が他の男から口説かれている様子を見せられて、疲れきっていたはずだった。

今日はもう予定がないからと訓練場にいたら、害虫男……サイロン様がまたやってきたとメイに呼ばれて、やっと裏庭で二人を見つけたところだった。

なのに、なぜ……今俺はリディア様に腕を掴まれているんだ？　掴まれているというよりも、腕を抱きしめられているような……。

リディア様に密着されていて、色々な感触が伝わってきて、頭が回らなくなっている。

えーーーーと、これは夢ではないんだよな？

リディア様が一生懸命害虫男に何かを説明している。

今、「私はイクスのことが好きだから」という言葉が聞こえた気がするが、空耳か？

その時突然グイッと腕を引っ張られ、リディア様が顔を近づけてきた。

「そうよね？　ねっ？　イクス」

申し訳ないが、何を聞かれているのかわからない。

リディア様が少し困ったように再度聞いてくる。

「イクス、私達は愛し合ってるのよね？」

愛？　愛し合ってる？

言っている意味がよく理解できていないのに、上目遣いに見つめてくるリディア様のことは無意識に可愛いと思っている自分がいた。

「……ハイ。愛シアッテイマス」

とりあえず同じ言葉を繰り返してみる。その言葉を聞いた害虫男が、プルプル震えながらこちらを見据えていた。

…………あ。このアホ面を見ていたらだんだん冷静になってきたぞ。

そうか。これは俺の提案した『恋人のフリ』をしているのか。夢じゃなく、ただこの男を追い返すためのリディア様の作戦だ。

ガッカリしたような、拒否されていたのではないとわかって安心したような、複雑な気持ちだ。とりあえず一瞬でも勘違いをしてしまったのが恥ずかしくて、リディア様から顔をそらした。


その二日後、俺はその時と同じ場所でリディア様から怒られていた。

いつものように庭にシートを広げ、そこに二人並んで座っている。リディア様は顔だけでなく身体ごとこちらに向けて、可愛い声でキャンキャン怒っている。

「イクス！　ちゃんと恋人のフリができないと、サイロン様は諦めてくれないわ！　恥ずかしくても恋人っぽいことを言ってくれないと！」

怒られている理由は、先ほど害虫男に向かって「俺のほうがリディア様を愛している」と言い返せなかったからだ。

リディア様と二人きりであれば少しくらい積極的なことも言えたりするんだが、他にも誰かいるとなったら無理だ。冷静にそんなこと言えるわけない。

これが完全に嘘なのであれば、演技として言えたのかもしれないが……。

「次はちゃんと言える？　きっとまた来ると思うわ。大丈夫よ。ちゃんと演技だってわかってるから」

金色の髪が日に当たってキラキラ輝いている。薄いブルーの大きな瞳も同じくらいキラキラしていて、そのあまりにも美しい姿から目をそらせない。

そんなあなたに向かって愛を囁くのが、俺にとってどれだけ大変か全くわかっていない。

「……愛してるなんて言葉、簡単に言えるのはサイロン様くらいですよ」

「あら。そうかしら？　まぁたしかにまだ若いイクスには厳しいかもしれないけど、演技だと割り切れば大丈夫じゃない？　きっとルイード様なら言ってくださると思うわ」

リディア様からルイード皇子の名前が出て、カチンときてしまった。

しかも悔しいことに、ルイード皇子がリディア様に愛を囁く姿も簡単に想像できてしまう。

『リディア、俺が愛しているのは君だけだ』

あの爽やかな笑顔でそう言って、皇子はリディア様の頬に手を伸ばすのだろう。

自分の勝手な妄想だというのに、イライラしてしまう。

「……わかりました。次はがんばります」

「ありがとう。そうしてくれると助かるわ。じゃあ練習してみましょうか！」

「…………はい？」

「練習よ練習！　しておけば、本番も言いやすいでしょ？」

「……いえ。練習しなくて大丈夫です」

「さっき大丈夫じゃなかった人が何言ってんのよ！　ほら早く！」

リディア様はこちらを向いてちょこんと座り、俺からの言葉を待っている。

……なんだこれ。新たな拷問か？

本人が待っているところに愛の言葉を囁くとか、拷問以外のなんだっていうんだ。

「ほら！『リディアのことは俺のほうがもっと愛している』と言うのよ。恋人っぽくするために、サイロン様の前ではリディアって呼び捨てでもいいわ！」

……難易度上がってんじゃねーか。

しれっと言ってくれてますけどね、そんなの簡単に言えたら今ここで怒られてないんですよ。頼む。それをわかってくれ。

「…………………」

「イクス！　がんばって！」

頭を抱え込んでうつむいた俺を、リディア様が応援している。

なんだこの状況……誰か助けてくれ。

その時、頭の中にまたルイード皇子が現れた。そんなことも言えないのか？　という勝ち誇った顔をされて、俺の中の何かがキレた。

顔を上げると、俺の様子を見ようと顔を近づけていたリディア様と至近距離で目が合う。

リディア様は少し頬を赤くして身体を後ろに引こうとしたので、その腕を優しく掴んで離れないようにした。

「……えっ」

小さく呟かれた戸惑いの声が可愛い。

赤くなった頬が可愛い。

片手で簡単に折れてしまいそうな華奢《きゃしゃ》な腕が可愛い。

上目遣いでそっと見つめてくる瞳が可愛い。

リディア様の纏っているこの温かなオーラも、キラキラと眩しいオーラも全てが可愛い。

「……こんなにリディア様のことが好きなのは、きっと俺だけでしょうね」

「……っ！　……それ、セリフが違うわ」

リディア様の顔がさらに赤くなる。少し不貞腐れたように見つめられて、さらに自分の気持ちが溢れてくるのを止められない。

ダメだ。可愛い。

「そうでしょうね。これ、演技じゃないですから」

「え？」

「本気で言ってるってことです」

ジッと見つめると、リディア様はポカーーンとした顔で俺を見つめ返してきた。全く理解できてないって顔だ。

「本気？　何が？　演技じゃないって……何が？」

きっと、今リディア様の頭の中はパニックになっているのだろう。

相手が困惑していると、不思議とこっちは冷静でいられるものなんだな。さっきまでは俺のほうが慌てていたのに、今は形勢逆転だ。

ここまで言ったなら、いい加減俺の気持ちに気づいてもらおう。なぜかずっと勘違いされていたみたいだからな。

リディア様の頬に手を伸ばすが、思いとどまり耳の横あたりの髪を撫でた。そのままサラサラな彼女の髪を手に持ち、その髪にキスをする。

リディア様の身体が硬直したのがわかった。両手を胸の前で握り締めながら、俺を真っ直ぐに見つめている。

「リディア様のことが好きです」

俺の言葉を聞いて、リディア様の視線が俺から外された。パッと下を向いて、手で口を隠している。その手が微かに震えている。

「……うそ……」

「嘘じゃないです」

「……なんで……」

「好きじゃないなら、恋人のフリをしましょうなんて提案してませんよ」

「……え。その時から……？」

「……好きになった時期のこと言ってます？　ずっとですよ。ずっと前からリディア様のことが好き

です」

もう一度伝えると、リディア様の白い顔が真っ赤になった。

「ははっ。顔、赤いですよ」

「……からかってる？」

「まさか。可愛いです」

「…………っ！」

何かの限界がきたのか、リディア様はバッと立ち上がり「部屋に戻るわ！」と言って走っていってしまった。

その姿すら可愛くて笑ってしまう俺は、本当におかしいのかもしれない。

リディア様がいなくなった後、俺はその場でゴロンと仰向けに倒れた。心は解放感でスッキリしている。

「はーーー……。とうとう言っちゃったな……」

リディア様がどんな返事をするかはわからないが、今は考えないことにした。

六章

私、告白された⁉

episode.06

Akuyakureeijyo ni tensei shitahazuga shujinkou yorimo dekiai sareteru mitaidesu

何が起きたの⁉　さっき、私、イクスに告白された⁉

裏庭から走って自室に戻ってきてから、私はベッドの上で頭から布団をかぶっている。部屋には誰も入らないように言ってあるので、戻ってすぐはベッドの上でバタバタ暴れていた。

鏡を見なくてもわかる。絶対に顔は真っ赤になっているはずだ。

なんで⁉　ずっとっていつから⁉　イクスはサラが好きだったんじゃないの⁉　サラが国外追放になったあとからってこと？

あーーーーーわかんない‼

イクスに掴まれていた腕にはまだイクスの感触が残っているし、耳あたりを撫でられた感覚だってまだ残ってる。

それに……至近距離で見つめられたイクスの深い緑の瞳も、声も……。

「リディア様のことが好きです」

イクスの言葉も表情も鮮明に頭に残っていて、一気にまた身体中の体温が上がった。

きゃーーーーーーっ‼

ボスボスボス！

手元にある枕をひたすらに殴ってしまう。さっきのことを思い出しては枕を叩く——一体何度繰り返しているのだろうか。

どうしよう！

イクスが私に優しくて大事にしてくれてるのはわかっていたけど、エリック達と同じ過保護なだけだと思ってたわ。

だって、小説の中ではリディアはイクスに処刑されたのよ⁉　まさか好きになられるなんて思わないじゃない！

あんなにカッコいい人から告白されるなんて……心臓が止まるかと思ったわ。

真っ直ぐに私の目を見て気持ちを伝えてくれたイクスは、今までで一番カッコよかった。思い出すだけで胸が締めつけられるほどだ。

でも……カッコいいと思うのと、好きって思うのは違う……よね？

イクスのことはもちろん大好きだし、外見も中身もめちゃくちゃ素敵だと思うけど……それって好きってことになるの？

触られたりしたらドキドキするけど……でもそれはイクスじゃなくてもドキドキするかもしれないし……。

あーーーーーわかんなーーーーーーい‼

そういえば、私最後に恋したのいつなんだろう。

このドキドキは、好きなアイドルとかに感じる気持ちと一緒？　それとも特別？

……イクスのこと、ちゃんと考えないと。

ただ、その日はどうしてもイクスに会いたくなくて部屋にこもってしまった。

「イクス卿と喧嘩でもしたのですか？」

次の日の朝、突然のメイからの質問に私はオレンジジュースを噴き出しそうになった。慌ててジュースを飲み込み、なんでもない風を装って聞き返す。

「な、なんで？」

「リディア様、昨日は私以外をお部屋に入れなかったじゃないですか？　そんな状態になれば、いつもならリディア様の様子を逐一《ちくいち》聞いてくるイクス卿が昨日は何も聞いてこなかったですし。リディア様も、今イクス卿がいないことを聞いてきませんし」

「あ、そ、そういえばいないわね。どこにいるの？」

「今朝は早くから訓練場でずっと走ってるみたいですよ」

「そう……」

イクスがいないことにはもちろん気づいていたけど、いないほうが私には都合がいいし名前を出さないようにしてたのよね。

メイってば変に勘がいいわね……。

私の様子をジーーーっと見ていたメイが、意を決した様子で尋ねてきた。

「イクス卿と何かあったんですか？」

「！」

期待のこもったメイの顔から、彼女が何かを察しているのが伝わってくる。

もしかして、鋭いメイはイクスの気持ちを知っているの？

……相談したい。メイ。私、自分の気持ちがわからないの。そんな話を聞いてほしい…………けど、言っちゃダメだ。

私だったら、告白したことを知り合いに話されるなんて嫌だもの。イクスだってメイに知られたくないよね……？

「何もないから大丈夫よ。心配しないで」

私が笑顔でそう言うと、メイは納得がいっていないような顔で「そうですか……」と言って仕事に戻っていった。

そして、それと同時にイクスが私の部屋に入ってきた。

イクスの姿が見えた瞬間、ビクッとして身体がこわばってしまう。心臓の動きが一気に速くなる。

ドッドッドッ……

イクスは訓練の後にシャワーを浴びてきたらしく、髪が少し濡れていていつもより更にイケメン度が増していた。

その爽やかでもあり色気のある姿に、余計に心臓がドキドキ…………ってそれじゃただの変態じゃん！

なんか違う！　恋する乙女とは違うよね⁉　いいんだっけ⁉　色気あるイケメンにときめくのは、変態とは違いますか⁉　誰か教えて！

「おはようございます。リディア様」

「お、おおおはよう……」

イクスは普通に挨拶してきたのに、私のほうはすごく不自然になってしまった。

ああっ！　イクスが顔をそらして肩を震わせてる！　絶対笑ってる！

「……なんですかそれ……」

ひとしきり静かに笑ったあと、イクスがこちらに振り向きながら言った。

まだ少し笑いをこらえているかのような優しい顔に、ドキッとしてしまう。

イクスの態度は昨日までと何も変わっていない。緊張してるとか気まずそうとか、恥ずかしそうとか……そんな感じもなく、どちらかというとスッキリしているように見える。

……昨日のことに何も触れないし、なかったことになってる……？　それならそれでも……。

そんなことを考えていると、イクスが私の耳元でボソッと囁いてきた。

「意識してくれてるの、嬉しいです」

意識!?　意識してるって誰が!?　私か！

てゆーか、そのイケボで耳元で囁くなって何度言えば……って本人には一回も言ってなかったわ！

ダメだ!!　落ち着け私！

なんで告白されたこっちがこんなにアタフタしてるのよ。逆でしょ普通。

「……昨日言ってた『ずっと』って、やっぱりサラがいなくなってからなの？」

自分だけ緊張してるのが悔しくて、わざと昨日の話を始めた。

イクスは意味がわからないといった顔をして、少し不機嫌そうに私に聞き返してくる。

「なんでここで彼女の名前が出るんですか？」

「あ……えーと、イクスは知らないと思うけど、気づいてたのよ。イクスがサラのことを好きだったって」

「……………」

あ、あれ？　さっきまであんなに優しい顔してたのに、なんだかすごく怒ってる気配がするわ。

イクスは私を見下ろすような状態で、問い詰めてくる。冷めきった瞳に見つめられ、普段より何倍も声が低く、醸し出すオーラがとにかく怖い。

「誰が……誰を好きですって？」

「え……。イ、イクスが……サラを……」

「ちなみに、それはいつから思っていたんですか？」

「え……と、初めて裏庭でサラに会った時から……」

「……それ、本当に最初じゃないですか……」

イクスの氷のようだった冷たい瞳が、困惑の色に変わった。はぁーーと大きな長いため息までついている。

「まさかそんな前からずっと勘違いされていたとは……」

イクスは呆れた顔で私を見ると、少し強めの口調で念押ししてきた。

「いいですか？　俺は彼女を好きになったことなど一度もありません！」

「え？　で、でも好きな人の話はしてたよね？」

「だーーかーーらーー、それはリディア様のことです！」

「…………」

「……わかりました？」

え？　イクスはサラのことを好きじゃなかった？　その頃から私を好きだった？

いや……たしかに、おかしいなって思ったことは何度もあったけど……。

「わかりましたか？」

イクスが再度聞いてくる。

「わ、わかった」

そう返事をすると、イクスはまた優しい笑顔でフッと笑った。

……あれ、なんでだろう。イクスがサラのことを好きじゃなかったってわかって、なんだか……嬉しい……気がする。

ううう。この気持ちはなんなの？　恋なの？　違うの？

ああーーー誰かに相談したいーーーー。なんで友達が一人もいないのよリディアは！

…………あっ！　いるわ！　友達！　ジェイクなら、私の気持ちを分析してくれそう！

イクスの名前を出さなければ、相談してもいいよね……？

うん！　いい！　いいってことにしよう！　明日、こっそりジェイクに会いにいこう！

ジェイクに会いにいくとなっても……問題はイクスにバレずに行けるかどうか、なのよね。

イクスの相談をしたいのに、本人と一緒に行くわけにはいかないし。そもそも、ジェイクに会いにいくこと自体反対されそうだわ。

イクスは私の婚活……貴族男性との五分間の挨拶が全て終わったら、また訓練場へ行くはず。

チャンスはそこだわ！

毎日数人の男性と行う顔合わせ。全く気合いの入らないその挨拶を、人形のように作り笑顔で乗りきる。

全員との顔合わせが終わり、イクスが訓練場に行ったのを見送ると、私は急いで移動し裏庭に出られる扉近くの部屋に入った。実はここに普段着であるワンピースを隠していたのだ。

一度部屋に戻ったらメイに見つかっちゃうからね！　ここで着替えて、そのまま抜け出すわよ！

一人でもなんとか脱げるようなデザインのドレスを着ていたけど、それでも脱ぐのにかなり苦戦した。なんとか着替え終わり、こっそりと裏庭に出る。

街へとつながる抜け道に入り、私なりの全力疾走で走り抜けていく。

前回は夜中だったから怖かったけど、今日はまだ明るい昼間だから全然怖くないわ。

イクスと通った道を走り、ウサギの看板のかかったお店に到着した。

巫女救出に協力したご褒美として貴族となったジェイクだったが、本人の希望で貴族としての生活は期間限定の一ヶ月だけだった。

グリモールにある元ドグラス子爵邸には住まずに、貴族特権も権力も放棄して平民に戻ったのだ。

……リクトール元公爵に裁判で勝つためだけに、その時だけ貴族になってくれたのよね。わざわざ平民でいることを選ぶなんて、ジェイクらしい。

「……まだ開店前だけど、開いてるかしら？」

ドアに手をかけてみると、カチャ……と開けることができた。お店の中は日陰になっているからか、昼間でも少し薄暗い。

「すみませーーん……」

声をかけてみるが、店内はしーーんと静まり返っている。

誰もいないのかしら？　それとも、二階にいるのかな？

勝手に入っていいのか迷っていると、トントン……と階段を下りる音が聞こえてきた。そちらに目を向けると、ジェイクが赤い瞳を丸くして階段の途中で立ち止まっていた。

「あれ？　リディ？　ビックリしたーー」

「ジェイク……」

「何何どうしたの？　というか、キミ一人かい？　騎士くんは一緒じゃないの？」

ジェイクは周りに誰かいないかキョロキョロしている。

私はイクスのことを意味している『騎士くん』という言葉にピクリと反応してしまった。

「私一人で来たわ」

「……よく騎士くんが許したね？」

「イクスには内緒で来たの」

「…………ふぅん？　……なるほどね。じゃあとりあえずこっちに座ってよ。僕に何か相談があって来たんだろう？」

ジェイクはお店のカウンター席に私を座らせ、自分はその隣に座った。

突然来たというのに、ジェイクは嫌な顔一つせずに私の話を聞いてくれようとしている。

「……ジェイクって優しいわよね」

「あれ？　今頃気づいたのかい？　僕ほど優しい男はなかなかいないと思うよ？」

ジェイクは本気なのか冗談なのかわからないテンションでニコニコしながら言った。

「そうね。……そんな優しいジェイク様は、好きな人とかいるのかしら？」

「おや？　僕を狙ってるのかい？」

「違うわ」

「ははっ。初めて会った時も即答してたよね。……で、リディは今日僕に恋の相談をしに来たってことでいいのかな？」

「……そう、ね」

ジェイクはカウンターで頬杖をつきながら、楽しそうに私の様子をうかがっている。

私はなんだか恥ずかしくて、ジェイクと視線を合わせないようにしながら話していた。

「なるほどね～！　まぁ僕も若く見られるけどもう二一歳だし？　それなりに恋愛経験だってありますとも。なんでも聞いてくれて構わないよ？」

「あの……す、好きかどうか……恋ってどんな……えと、なんて言えばいいのかな」

自分の疑問に思っていることをうまく伝えられずにいると、ジェイクがふむふむと言いながらケロッと聞いてきた。

「その好きが、男として好きなのか人として好きなのかわからないって感じかな？」

「お……男として好き……って……」

なんだか生々しくて恥ずかしい……！

それにしても、よくさっきの私の説明でわかったなと感心してしまう。

ジェイクの赤い瞳は、笑いながらもよーーく相手のことを観察していて、その人の考えていることなどを見破る力がある――と私は思っている。

「でもなんでそんなことを考えてるんだい？　噂だと、キミは今半年間の結婚相手探し期間中らしいね。その中に気になる相手でもいるのかい？」

半年間の婚活のこと、やっぱり知ってるのね。情報屋のジェイクなら当たり前か。

「そ、そうなの。告白されて、私は相手のことをどう思ってるのかわからなくて……」

「どういう意味の好きかわからないほどには、その相手のことが好きなんだろう？　会ったばかりの相手をそこまで好きになるのなら、それは恋なんじゃない？」

「あ。えーーと実は、初めて会った人じゃなくてもっと前から知ってる人なの。だから元々人としては好きだったのよ」

「ふーーん？　おかしいな。僕の知ってる話だと、全員初対面でしかも五分しか会わせてもらえないって聞いたけど?」

ジェイクはニヤニヤしながら聞いてくる。そんな細かいことまでも知っているとは、さすがと言うべきか。

「し、知ってる相手もいたのよ！　とにかく！　相手のことはどうでもいいから！　どういう好きが恋の好きなのか教えて」

「そうは言ってもなぁ〜。その感覚は人によって様々だし、一概には言えないけど……。僕流の調べ方で見てあげようか?」

「ジェイク流の調べ方って何……」

「僕の質問に答えるだけさ！　しかも一つだけ！　やってみるかい?」

「お……お願いします……！」

私はピシッと姿勢を正して座り直し、ジェイクのほうに身体を向けた。ジェイクも私の真似をして、背筋を伸ばして真剣な顔をした。

一体どんな質問をされるのかしら……。それだけで本当に私の気持ちがわかるの!?

「ではいきます。答えは口に出さず、頭の中で答えてください」

頭の中で答える?　それじゃジェイクはわからないじゃない……。

「あなたは、どんな告白をされましたか?」

え!?　どんな告白!?

どんなって……耳の横を優しく撫でられて、髪の毛にキスされて、あの深い緑の瞳に見つめられて、それで……「リディア様のことが好きです」って……。

……………ぎゃーーーー!!　まだダメだ！　まだ普通のテンションでは考えられない！

枕を叩きたい衝動に駆られるが、ここに枕はない。私は両手で顔を隠し、このなんとも言えないムズムズ感を耐えることにした。

私の様子をジッと見ていたジェイクのはははっと笑った声が聞こえた。

指の隙間から覗いて、ジェイクに問いかけてみる。

「今の質問で何かわかったの？」

「わかったよ。リディ、キミは少なくとも男の中でその相手が一番好きなんだね」

「え!?　なんで!?」

驚きすぎて、顔を隠していた手をバッと下げてジェイクに詰め寄る。なぜ何も答えていないのに、そんなことがわかるのか。

「顔が真っ赤になって、嬉しそうでもあり恥ずかしそうな顔をしていたからさ！」

「……それだけ？　そんなの、告白されたらみんなそうなるんじゃ……」

「リディってさ、仲のいい相手から告白されたの初めてだろ？」

「…………」

言われてみれば、初めてだわ。

会ってすぐ口説かれたりプロポーズされたりしたことはあるけど、こんな長く一緒にいた相手からちゃんと告白されたことはない。

リディアになる前の私は、そもそも告白なんてされたこともないし……。

「親しい相手から告白されたら、そんなに嬉しい顔はできないものなんだよ。特に、他に好きな人がいる場合はね。キミは嬉しそうだったから、その相手より好きな男はいないってことなのさ」

「……なんで？　たとえ他に好きな人がいても、好きって言われたら嬉しくなるものでしょう？」

「こればっかりは、実際にされてみないとわからないことかな！　でも、僕が見る限りはキミは騎士く…………その相手のことが結構好きだと思うけどね！」

……今、絶対騎士くんて言おうとしてたよね。

なんでわかったんだろう。ジェイクって本当に何者？

正直ジェイクの根拠はまだよく理解できないけど、とりあえず私は男の中ではイクスが一番好き……ってことなのね。

「あんまり納得いってない顔だねぇ」

「だってよくわからないんだもの」

「でも、もしかしたら近いうちにわかるようになるかもよ？」

「どうして？」

「もうすぐルイード皇子が視察から帰ってくるからさ！」

「うん。誰もいないわね」

裏庭に誰もいないことを確認して、街へとつながる抜け道からサササッと屋敷の中に逃げ込む。すぐ近くにある部屋へ入ると、さっき私が脱いだドレスがそのままの状態で置いてある。誰もこの部屋に入っていないらしい。

急いでドレスに着替え直したいけど、脱ぐことはできても着るのはさすがに無理ね。

もうジェイクの所へは行ってしまったのだし、メイにだけは正直に話そうかな……そんなことを考えていると、私の名前を呼ぶメイの声が聞こえた。

「リディア様ーー？」

「メイ、こっちよ」

すごい！　ナイスタイミング！　さすがメイね。

私が部屋のドアを開けてメイを呼ぶと、メイは驚きながら部屋の中に駆け込んできた。

「リディア様！　捜していたんですよ！　裏庭にもいらっしゃらないようだったら、イクス卿を呼びにいくところでした」

「それは危なかったわね。実は、ジェイクのお店に行ってたの」

「あっ！　本当だ。服も着替えてる！　どうして教えてくれなかったのですか。心配しましたよ！」

「ごめんね。止められると思って……」

メイはブツブツ文句を言いながらも、ドレスに着替えさせてくれる。

なぜジェイクのお店に行ったのか、そういった内容について問いただしてこないのがメイのいいところだ。

私の部屋へ着くなり、メイはぐちぐち言いながらも冷たいドリンクに甘いお菓子を用意し、少しボサボサになった髪を整えてくれている。

メイの優秀さ、すごすぎる……。

「そういえば、ルイード様がもうすぐ視察からお戻りになるそうよ。ジェイクの情報網って本当にすごいわよね」

私がそう言うと、メイは持っていたクシをポロッと落とし、真っ青な顔で硬直してしまった。

「……メイ？　どうしたの？」

「ル、ルイード様がお戻りになるのですか……？　予定ではまだあと一ヶ月は先というお話でしたが……？」

「詳しくは教えてくれなかったんだけど、向こうで何かハプニングが起きたらしいわ。ルイード様が一刻も早く帰れるようにと、仕事を鬼のように急いで片づけてるそうよ。何をそんなに慌てているのかしらね？」

私の話を聞いて、メイの顔がさらに真っ青になる。

手をプルプル震わせながら下に落ちたクシを拾い、意を決した様子で訴えてきた。

「リディア様！　今すぐにそのことをエリック様にお伝えしなければ……！」

「え？　無理よ。抜け出してジェイクのお店に行ったのを怒られちゃうわ」

「おそらく大丈夫だと思います！　その情報を聞けば、そちらに意識を取られるはずですから！」

「ええ!?」

真剣に訴えてくるメイの迫力に負けて、私はエリックの執務室へ行くことにした。

それにしても、何をそんなに焦っているのかしら。ルイード様が予定より早く帰ってくるのが、そんなにも大変なことなの？

コンコンコン
「エリックお兄様。リディアです」

「入っていいぞ」

「失礼します」

執務室に入ると、いつも通り無表情なエリックが黙々と大量の書類にサインをしていた。チラッと私を見て、仕事を続けながら話しかけてくる。

「どうしたんだ？　何かあったのか？」

「あ、あの。ジェイクから聞いたのですが、もうすぐルイード様が視察からお戻りになるそうです」

その言葉を聞いた途端、ずっと動いていたエリックの右手がピタリと止まった。めずらしく驚いた様子でゆっくりと顔を上げてこちらを見る。

あっ！　やばい。怒られる！

「……ルイード様が戻る？　予定よりだいぶ早いが……」

あれ？　ジェイクにどうやって聞いたか、問い詰められると思ったのに。というか、まるっきりメイの時と同じやり取りね。

先ほどメイにしたのと同じ説明をすると、エリックも青い顔をして考え込んでしまった。

エリックもメイも、なんでそんなに動揺してるの？

「あ、あの。ルイード様が戻られると何か都合悪いのですか？」

「え？　あ、ああ……」

「どのような問題があるのですか？」

「……実は、ルイード様は……」

エリックはすごく深刻そうな顔で、迷いながらも話してくれようとしている。

何？　一体なんなの!?

ゴクリ……。

「ルイード様は……？」

「ルイード様は……リディアの半年間の話を知らないんだ」

「…………ん？」

え？　なんですって？

半年間って……私の猶予期間、婚活生活のこと？　そのことをルイード様が知らないの？

…………うん。だから？

「え？　あの……そのことをルイード様が知らないと、何かダメなのですか？　陛下から提案されたことですし、特に問題はないかと思いますが……」

「問題はない。許可をもらっているからな。ただ、それをルイード様がすんなり納得するとは思えない」

エリックは私と話しながらも、頭の中では色々考えているようだ。目がチラチラと動いていて落ち着いていない。

ルイード様が納得しない……？

あっ！　たしかに、ルイード様にとってはこれって浮気みたいなものよね⁉

一応まだ婚約を解消していないのに、他の男性とたくさん会ってるなんて印象も悪いわ。

でもたとえ気分の悪いことでも、陛下が決めたこととなればルイード様だってすんなり納得するんじゃないかしら。

「最悪、お前と会った貴族男性達に何かが起こるかもしれない……」

「え⁉　まさか。誰かが何かするというのですか？」

「ルイード様だ」

「ええ⁉　あの可愛……優しい皇子がですか⁉　まさか。そんなことしないですよ」

「お前はルイード様のことを知らないんだ……」

エリックは真っ青な顔のままゆっくり立ち上がり、王宮へ行くと言って出ていってしまった。

今やっていた仕事よりも、ルイード様対策のほうが優先なのかしら。

それから三日ほど経っても、エリックはずっとソワソワしている状態だった。

「エリックお兄様があんなに落ち着いていないのなんて、めずらしいわよね。そんなにルイード様が心配なのかしら？」

「まぁ、正確に言うと〝ルイード様〟が心配なのではないですけどね……。ルイード様が〝何をするか〟が心配なんですよ」

私はいつものように庭の木陰で本を読んでいて、イクスもいつも通り木刀で素振りをしている。

イクスの態度があまりにも普通なので、今では私も前と同じように接することができている。

たまに距離が近くなると、ドキッとしてしまうこともあるけど……。

「イクスもお兄様と同じことを言うのね。あの可愛らしい皇子様が、一体何をするっていうのよ」

「可愛らしい……ね。まぁリディア様の前ではそうかもしれないですね」

イクスがはぁ……と小さなため息をつきながら言った。

「私の前では？」

そう聞き返すと、イクスは私の前に腰を下ろし、真剣な顔で見つめながら少し強い口調で話し出した。

「いいですか？　いくら可愛い顔をしていても、あの方は立派な皇子です」

「わかってるわよ」

「自分の意志を貫いて、欲しいモノは必ず手に入れたい、邪魔する者は許さない、という立派な皇子です」

「ええ？　それ、ルイード様に当てはまる？」

「そのままです！」

ドキッパリと言い切るイクス。

えええ？　あのルイード様が!?　イクスとルイード様はあまり仲がよくないから、勝手に悪く思っているだけなんじゃ……。でも、エリックもそんなようなことを言っていたし……。

えええ!?　本当にそんな一面が!?　で、でもちょっと……。

「……今、そんな皇子も見てみたいとか思ったでしょう？」

軽蔑したような目でイクスが見てくる。

え。なんでわかったの？　そりゃあ見たいでしょう！

あの可愛い外見で、実は黒い内面もあるとかギャップ萌え！　アイドル、ルイード皇子のファンとしてはそんな皇子も見てみたいわ！

……でも、そんなこと言ったらドン引きされるわね。

「そんなわけないでしょ！　そんなこと思ってないわよ」

イクスは疑わしそうにジーーッと私を見ている。

うん。絶対信じてないわね。まぁ実際ウソだしね。いいわ、もう。

そんな会話をしていると、執事のアースが慌てた様子で私を呼ぶ声が聞こえた。声の聞こえたほうを向くと、すぐに名前を呼ばれている理由がわかった。

アースの後ろに誰かがいる。

銀の入った薄いブルーの髪が風にサラサラ揺れ、宝石のように輝くネイビーの瞳が私を見つめている――ルイード皇子だ。

「リディア！」

「ルイード様⁉」

木陰に座っていた私は、こちらにかけ寄って来るルイード皇子を見て急いで立ち上がった。

忙しくてなかなか会えていなかったので、目の前に立つ皇子を見て単純に驚いた。

ルイード様、背が伸びてる……！

会うたびに少しずつ伸びてるとは思っていたけど、成長期の男ってすごい！

ルイード皇子が目の前に来ると、より一層その差がわかる。王宮のパーティーの頃は五センチくらいしか変わらなかったはずの身長差が、今では一五センチは違うのではないかしら。

背の高いイクスほどは見上げないけど、それでも見上げるようになったことに驚きだ。

「久しぶりだね。元気だった？」

春の風の如く柔らかく微笑む皇子は、相変わらず爽やかで可愛いままだ。

背が高くなっても可愛さは変わらないわね！　大人っぽくなってカッコよさも出てきて、どんどん最強アイドルになっていくわ！

「お久しぶりです、ルイード様。もう視察からお戻りになったのですね」

「ああ。その……向こうでよくない噂を聞いてね……。リディア、今話したいんだけど大丈夫かな？」

「もちろんです。お部屋を用意させますね」

私がそう言うと、執事のアースがすぐに「少々お待ちを」と言って屋敷へ入っていった。その場にいるのは、私とイクスとルイード皇子の三人だけだ。

しーーーーん……と静かでどこか寒々とした空気が流れている。

…………ん？　なんだこの気まずい空気は。

「ル、ルイード様はいつ王宮にお戻りになったのですか？」

「え？　あ、ああ……実はまだ王宮には戻っていないんだ。どうしても君に聞きたいことがあって、先にこちらに来てしまったから」

「ええ!?　大丈夫なのですか？」

「話が終わったらすぐに戻るから平気だよ。……イクス。リディアとの話が済んだら、君とも二人で話がしたい。いいか？」

「……はい」

突然名前を呼ばれたイクスは、少し驚いた様子で返事をしていた。

イクスとルイード様が二人で話すですって!?　大丈夫なの？　この二人はあまり仲よくないのに……。

誘拐されて助けられた時、サラを連れていけ問題で二人がバチバチしていたのを思い出す。

今はバチバチという雰囲気ではないけど、お互いのお互いを見る目にはあまり温かさは感じない。

どこか不穏な空気を感じるというか…………あっ！

そういえば、前にルイード様はイクスに嫉妬してると言ってたことがあったわ！　イクスも、もしかして私の婚約者であるルイード様に嫉妬すること……あるのかな？

この状況って、いわゆる三角関係とかいうやつでは⁉

……いや。ちょっと待って。

恋愛初心者の私にはそんなのキャパオーバーなんですけど‼　三角関係とか憧れてたはずなのに、こんなに居心地の悪いものなの……⁉

ルイード皇子もイクスも黙っているし、この空気の中私から出す話題なんて何もない。アースが戻ってくるまで、私達は黙ったまま立ち尽くしていた。


部屋の準備が整ったと案内されたのは、普段婚活——男性との顔合わせで使ってる部屋ではなく、もっと広く豪華な部屋だった。

皇子であるルイード様をお通しするとなると、やはりそれなりのお部屋でないといけないらしい。

「話はリディアと二人でしたい。他の者は呼ぶまでは入ってこないように」

ルイード皇子にそう言われ、イクスやアース、メイド達はみんな部屋から出ていった。

広い部屋にルイード皇子と二人きりだけど、皇子は窓の外を見ていてこちらを見ない。

「ルイード様？　座らないのですか？」

窓際に立っている皇子のもとへ近寄ると、パシッといきなり手を掴まれた。先ほどまでは平然としていた皇子の顔が、辛く悲しそうな顔になっている。

「リディア……あの……」

皇子は何かを言おうとしているのだけど、なかなか言えないようで言葉に詰まっている。きっと婚活のことについて聞きたいのだろう。

私から言ったほうがいいのかな？

「ルイード様。私とルイード様の猶予期間の件でしょうか？」

「猶予期間……？」

「………？　え？　猶予期間のことはご存じないのですか？」

皇子は大きな瞳をさらに丸くして、私を見つめてきた。この部屋に来て、初めて皇子と目が合った——と思ったが、またすぐにそらされてしまった。

「俺が聞いたのは、リディアが……その……新しい婚約者を探していると……」

顔を横にむけて、うつむきながら皇子が呟く。

うん。なるほど。

猶予期間のことも何も知らない状態で、私の婚活の話だけ聞いたのね。

………それって私、ただの浮気女じゃん！　婚約者がいるのに他の婚約者を探すなんて、とんだ悪女だわ！

だからルイード様はこんなにショックを受けた顔をしているのね！

「それは……正しくもあり、少し違うと言いますか……」

「誤解なのか⁉」

ルイード皇子の顔がぱぁっと明るく輝く。

ああっ。なんだか期待させてしまった！　誤解といえば誤解だけど、その通りといえばその通りなんです！　ごめんなさい！

「ルイード様！　最初から……ちゃんと説明させてください！」

私は陛下とのやり取り全てを正直に話した。

皇子の期待に輝いた瞳が、話を聞くにつれてどんどんと暗くなっていく。

「じゃあ……半年以内にリディアに好きな相手ができなければ、俺と結婚する。もし相手が見つかったら、婚約解消……ということか？」

「はい。そうです」

「まさか、そんな話になっているとは……。だから突然俺に長期の視察に行けと言い出したのか」

ルイード皇子は、私が好んで他の男性と会っているのではないとわかって安心したようだけど、陛下の提案に関してはショックを受けているようだ。

ショックというよりも……なんとなく怒りのオーラが出ている気が……。

頭を抱えてしまったルイード皇子を見守っていると、不意に皇子と目が合った。一度離していた手を、もう一度優しく握られる。

いつもよりも少し近い距離で、前よりも少し高い目線のルイード皇子に真剣に見つめられて、緊張で身体が動かなくなる。

「……リディアは、やはり今でも俺とは結婚したくないのか……？」

「……っ」

切なそうな……悲しそうな皇子の声。

暗く滲んだその瞳に、胸が締めつけられる。

私がルイード様と結婚したくないのは、単純に王宮に嫁ぐのが嫌だからだ。ルイード様が嫌とか思っているからじゃない。

だから「そんなことない」と言いたい。言ってあげたい。

でも……もし私がルイード様のことを本気で好きだったら、王宮とか皇子とか関係なく結婚したいと思うのかもしれない。

どうしよう。なんて答えればいいんだろう……。

「…………」

「……ごめん。答えにくい質問だったよね。もう答えなくていいから、そんな困った顔しないで」

「ルイード様……」

皇子は少し泣きそうな顔で笑ったあと、私の頭をポンポンと優しくなでた。

黙ってしまった私のことをすぐに気遣ってくれるなんて、やっぱりルイード様は優しいな……。自分も困った顔をしているのに。

ルイード様は、いつも自分よりも私を優先してくれるのよね。

そんなことを考えていると、ルイード皇子は私の頭をなでていた手を離さないまま顔を近づけて、急に堂々とした態度で言った。

「でもこれだけは覚えておいて。俺はリディアのことを簡単に譲る気はないし、引く気もないから」

「え？」

つい先ほどまでの悲しそうな顔はどこへやら、皇子は何か吹っ切れたかのようにニコッと爽やかに笑った。

「リディアはリディアで好きに行動してもらって構わないよ。それが陛下との約束でもあるだろうし。ただ、俺は俺で好きに動くけどね」

「す、好きに動く……とは？」

「え？　それは秘密」

そう言うと、ルイード皇子は今日一の最高に可愛い笑顔を披露した。

おかしいな。

いつものように爽やかな笑顔なのに。爽やか一〇〇％の可愛いアイドルスマイルなのに。背中が冷んやりしてしまうのはなぜなの……。

それに、自分のことより私を優先してくれるはずの皇子はどこいった？

「あまり時間がないから、イクスを呼んでもらっていいかな？」

「あ。はい……でも、あの、私も同席してもよろしいですか？」

イクスとルイード皇子を二人きりにさせるのはやっぱり不安なので、そう提案してみたのだけど
——これまた不自然なほどの爽やかな笑顔で断られてしまった。

「ごめんね。今回は彼と二人で話がしたいんだ。ちょっと君たちの噂について確認したいだけだか

ら」

「わ、わかりました……」

噂？　私とイクスに噂があるの？　なんのことなのか聞きたいけど…………うん。皇子のオーラが尋常じゃなく黒く感じるわ。やめておきましょう。これはきっと触れてはいけないやつだわ。

私は部屋の外で待機していたイクスとチェンジして廊下に出た。イクスは特に気まずそうな様子もなくスタスタと部屋の中へ入っていく。

二人の話し合い……喧嘩なんてしませんように。

✤イクス視点

エリック様と予想していたよりもずっと早くルイード皇子が視察から帰ってきた。

何も話していない状態で部屋から出されてしまったので、皇子がどこまで知っているのかが全くわからない。

エリック様は今出かけているし、大丈夫だろうか。

皇子が何を知っていて、どんな意図があってこんなに早く帰ってきたのか、これからどうする気なのか、など知りたいことはたくさんある。

たくさんあるが…………ダメだ！

今は部屋に二人きりでいるリディア様と皇子がどんな話をしているのか、何をしているのかが気になる！

どんな精神状態なのかわからない皇子とリディア様を二人きりにして大丈夫なのか⁉　いきなり抱きしめられたり……なんてことはないとは思うが……。

体調が完全に回復してから、ルイード皇子は外見も中身もどんどん男らしく立派になった。

元からの温厚さや優しさもそのまま残っているが、今はもうただの可愛いだけの皇子ではない。

色々な汚い貴族や大人に触れ合い、それを皇子として対処するようになってからは、精神的にもだいぶ強く成長しているのだ。

リディア様の中ではまだ『可愛らしい皇子』のイメージが固定されているみたいだが、外見はともかく中身はもう十分立派な『男らしい皇子』なのだ。

リディア様がそれをわかってるようで全然わかってないから困る！　……完全にあの見た目に騙されているな。

実際にはそんなに長い時間ではなかったのだが、リディア様が部屋から出てくるまでの時間はとても長く感じた。

真っ赤な顔をしていたらどうしようという心配もあったが、部屋から出てきたリディア様は赤いどころかむしろ少し青いくらいだった。

俺に対して、なぜか心配しているような同情しているような視線を向けてくる。

その視線を不思議に思いながら、俺はルイード皇子の待つ部屋の中へと入っていった。

「失礼します」

皇子は窓際に立ってこちらに顔を向けていた。

怒っている様子はなく、かといって笑っているわけでもない。

俺と二人で話がしたいなんて、何を考えているんだ？

「リディアから半年間の猶予期間のことを聞いたよ」

皇子はフッとやわらかく笑いながら言った。

「そうですか」

……ってそれすら知らなかったのか⁉

もしかして、リディア様が新しい婚約者を探してるという情報だけ聞いたりしたのか？

それなら皇子が慌てて帰ってきたのも納得だが。

「俺の誤解だったみたいで安心したよ。……それで、もう一つ耳にした噂話があるのだが……」

「噂話？」

「君とリディアが恋人同士だという話だ」

「！」

ルイード皇子は余裕そうな態度ではいるものの、漂ってくるオーラは決して優しいものではない。

これは……かなりこの噂を不快に思っているな。

それもそうだろう。自分の婚約者に恋人がいるという話を聞いて、喜ぶ男はいない。

……というか、そんな話をしたのはあの害虫男の前だけだぞ⁉　アイツ、この話を周りに広めているのか⁉

遠くにいたルイード皇子にまで届くとは、一体どれだけ話して回っているのか。

害虫男はあとでなんとかするとして、ひとまず今は皇子の質問に答えなければ。

「……それは、リディア様がお相手を断るための口実としてついた嘘です。恋人のフリをしただけです」

「まぁそうだろうとは思っていたよ。その話が本当ならば、そんなにたくさんの男性と会う必要もないからな」

………？

わかっていたのなら、なぜわざわざ聞いてくる？　なぜリディア様ではなく俺に聞くんだ？

皇子は窓の外に目を向けていて、こちらを見ない。

けれど、ふぅ……と小さいため息をつきながら振り向き、俺と視線を合わせてきた。

少し前までは一〇センチ以上離れていた身長も、もう五センチくらいしか変わらないんじゃないだろうか。目の高さが近くなっている。

……皇子がどんどん男らしくなっていくのは、俺にとってはあんまり嬉しくはねーな……。

そんな心の狭いことを考えていると、皇子が真剣な表情のままキッパリと言った。

「俺はリディアのことが本気で好きだ。結婚するのは彼女以外には考えられない」

「!?」

突然の皇子からの言葉に、思わず背筋がピシッと伸びた。

なんだ!?　なんでいきなり俺にこんなことを言うんだ!?　遠回しに諦めろと命令しているのか？

皇子の意図がわからず無言のまま見つめ返していると、ルイード皇子はゆっくり視線を下に向けながら、ため息混じりに力なく笑った。

「正直言うと、どんな立派な公爵子息が相手だとしてもあまり脅威ではないんだ。俺が一番怖いのは君だよ」

「え……」

今、なんて言った？

公爵子息よりも、俺のほうが脅威だと言ったのか？

ルイード皇子が⁉

あまりにも驚きすぎて、何も言葉が出てこない。アホみたいな顔で立ちつくす俺を見て、皇子が初めてくしゃっとした顔で笑い出した。

「ははははっ。なんて顔をしているんだよ。君も驚くことがあるんだな」

「……そりゃ、ありますよ」

「突然驚かせて悪かったよ。どうしてもそれだけ伝えたかったんだ。俺はこの半年……いや、もうあと四ヶ月か。この期間、リディアの恋人探しの邪魔をするつもりだからな」

とても自分勝手な発言をしているとは思えないほど、ルイード皇子は眩しいくらいの笑顔で言った。

「みっともなくても構わない。なんとしてでも、四ヶ月後に彼女と結婚してみせるよ」

そう爽やかに言いながら、皇子は部屋の扉へ向かって歩き出した。言いたいことだけ言って帰ろうとしているのだ。

……ちょっと待て。

この皇子に堂々とライバル宣言をされたのだから、こっちもちゃんと言ったほうがいいんじゃないのか？

「あの！」

突然大きな声を出すと、皇子が少し驚いた様子で俺を見た。

「ルイード様にここまで言ってもらえたので、自分からも伝えておきたいことがあるのですが……よろしいですか？」

「ああ。もちろん」

皇子は歩くのをやめ、身体ごとこちらを向いた。

その態度には威圧感などなく、優しい顔で俺の言葉をきちんと聞こうとしてくれている。

「あの……実は、俺、リディア様に好きだと伝えました」

「…………は？」

優しく余裕そうな表情から一転——皇子の宝石のような瞳が大きく見開かれ、年相応の少年のような素の顔になった。

「え？　だって、恋人のフリをしていただけなんだろう？」

「はい。それとは別で、俺の気持ちは伝えました」

「はあぁ!?」

もう完全に『皇子』ではなくただの一七歳の『少年』だ。あまりの驚きとショックで、皇子として取り繕うのを忘れてしまっている。

皇子はガクリと肩を落とし、頭を抱えながらその場にしゃがみ込んだ。

「嘘だろ……」

真っ青な顔でポツリと呟く皇子。

こんなルイード皇子の姿は初めて見る。おそらくリディア様ですら見たことはないのではないか？

ちょっとおもしろ……皇子もこんな状態になるんだな。うん。

「そ、それで、リディアからの返事はなんて……？」

皇子が不安そうに聞いてくる。

「受け入れてもらえました」と冗談を言いたい衝動に駆られたが、おそらく今この皇子に冗談は通じないだろう。

冗談です！ なんて言ったら、そのまま牢屋行きかもしれない。

「まだ返事はもらえていません」

「そ、そうか……」

正直に答えると、あきらかに皇子はホッとして胸を撫で下ろしていた。

そして少し落ち着いたのか、胸に手を当てながらもなんとか立ち上がった。

「まさかそんなに早く動いているとは思わなかったよ」

皇子がジトーー……とした恨みがましい目で俺を軽く睨んでくる。

「時間がないですからね。こちらも、あと四ヶ月以内に振り向いてもらわなければいけないので」

「！」

「申し訳ないですが、俺は俺でがんばらせていただきますから」

「……言うね」

引き気味に笑って、皇子は大きく長いため息をついた。

「はぁぁーーーー……。まぁ、君の今の状況を正直に話してくれたことは感謝する」

「どうも」

足元がおぼつかないのか、少しフラフラしながらルイード皇子は部屋から出ていった。

七章

気づいた気持ち

episode.07

Akuyakureeijyo ni tensei shitahazuga shujinkou yorimo dekiai sareteru mitaidesu

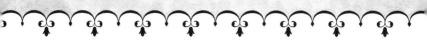

ルイード皇子が部屋から出てきたのは、イクスが中に入ってから一〇分も経っていない頃だろうか。

心配でハラハラしていたから長く感じたけど、実際はもっと短かったかもしれない。

カチャ……と扉が開き、ルイード皇子の姿が見えた。

廊下で待機していた私や執事、メイド達は、皇子を見て凍りつく。
ル、ルイード様の顔が……びっっくりするほど暗いんですけど⁉　どうしたの⁉
肩を落とし、目に見えて落ち込んでいるルイード皇子。

中で一体何があったの……⁉

ルイード皇子は無理して作ったような笑顔で私達に挨拶をすると、そのままフラフラとおぼつかない足取りで帰っていった。

皇子の乗った馬車を見送り自室へ戻ると、イクスがこっそりと部屋に入ってきた。

「……ルイード様はお帰りになったんですね」

テンション下がりまくってた皇子とは違い、イクスは普段と何も変わらない様子だ。

「イクス。あなた、ルイード様とどんな話をしたの？　すごく落ち込んでいるみたいだったけど。

……もしかして、何かルイード様が傷つくようなことでも言ったの？」

「ルイード様が傷つくようなこと……言いましたね」

イクスは先ほどのことを思い出しているのか、アゴに手をあてて上を見上げながらしれっと答えた。

言ったんかーーーーい！！！

えええ⁉　本当に言ったの⁉　ルイード様が傷つくようなことを言ったの⁉

「な、何を言ったの？」

「…………」

イクスが目を少し細めて無言のまま私をジッと見た。

なんだか呆れているような目で見てくるけど、そんな目をしたいのは私のほうなんですけど⁉

「俺が……」

「俺が？」

「……なんでもないです。皇子なら大丈夫ですよ。少しショックを受けてるだけで、きっとすぐに立ち直ります」

「ええ……そんな適当な……」

その時、部屋にいたメイド達が顔を輝かせながら声をかけてきた。

「あのお方がリディア様の婚約者、ルイード様なのですね！　リディア様と並ぶとまさに美男美女！」

「お帰りの際には落ち込んでおられるようでしたが、それでも見惚《みと》れてしまうほどに美しい皇子様ですね！」

「とてもカッコいいのに可愛さもあって、あの宝石のような瞳に見つめられたら一瞬で恋してしまいそうです」

みんなあのアイドル皇子に見事心を掴まれているようだ。

普段わりと落ち着いているメイド達が、キャアキャア言って盛り上がっている。

さすが私の推しアイドル、ルイード様ね！

彼の爽やかスマイルを見ていたら、きっともっと盛り上がっていたんだろうなぁ。見せてあげられなくて残念だわ。

「あんな素敵な皇子様がいらっしゃるのに、なぜリディア様は他のお相手を探しているのですか？」

「そうですよ！　ルイード様より素敵な男性なんてなかなかいらっしゃらないですよ！」

興奮したメイド達から純粋な質問が飛び交ってくる。

……うん。まぁそうなるよね。あんなに素敵な皇子との結婚を断ろうとするなんて、この世界の令嬢にとってはありえないことよね。

えーーと、なんて答えたらいいの……。

転生してすぐの頃は、腫れ物に触るよう扱われていた私だったが、最近ではメイド達とも仲よく話せるようになった。

それは嬉しいことなのだけど、こういう時だけは困ってしまう。女性の集団というのは、よくわからない威圧感がある。

「えーーと、なんでって言われても……」

「リディア様は、ルイード様のことをカッコいいと思わないのですか？」

「もちろん思うわ」

「とても穏やかで優しいのですよね？」

「そうね。ルイード様は本当に優しくて穏やかよ」

「ドキドキしたこととか一度もないのですか?」

「ドキドキ……それは……ないことは、ない……?」

「それって、もうルイード様が好きってことなのではないですか⁉」

「えええ⁉」

メイド達は初の皇子登場にテンションが上がりきっているらしい。

「なんて美しいカップルなの!」とまたキャアキャア盛り上がっている。

まずい……なんかこのまま話が進んでいってしまいそうだわ。そろそろ止めないと……。

そう思っていると、メイが彼女達の近くで手をパン! パン! と叩きながら大きな声を出した。

「ほら! あなた達! リディア様が困っているわ! それに、結婚のこともリディア様がご自分でしっかり考えていらっしゃるのだから、好き勝手言ってはダメよ!」

メイに注意され、他のメイド達はみんな「はーい」と気まずそうに返事をしている。

自分以外のメイドを全て部屋から追い出すと、メイは改めて私に謝ってきた。

「申し訳ありませんでした、リディア様。彼女達にはよく言い聞かせておきます」

「いいのよ。初めてこんな近くで皇子を見て、つい盛り上がってしまっただけよ。それでも間に入ってくれて助かったわ。ありがとう」

「いいえ。その、あまりにも見ていられない状況でしたので……」

メイは、いつのまにか窓際に移動していたイクスのほうにチラッと視線を送っていた。

イクスはそんなメイからの同情めいた視線には気づいていないのか、少し不機嫌そうに庭を見ている。

「それでは私も一度失礼させていただきます」

メイが部屋から出ていくと、私とイクスの二人だけになった。イクスは特に何かを言うこともなく、ずっと窓の外に視線を向けたままだ。

……なんでこんな気まずい雰囲気になってるのかしら。

本でも読もうかな……いや。その前に、もう一度ルイード様とどんな話をしたのか聞いてみよう。

「イクス」

名前を呼ぶと、イクスは顔を少しだけ動かして横目で私を見た。やっぱりどこか不機嫌そうな気がする。

でも、そんな少し冷たいイクスの真顔が……その冷めた流し目が、めっっっちゃくちゃカッコいいんですけど！

何その色気！　あなた本当に一八歳なの!?

あああ。この顔を写真に撮ってホーム画面で眺め続けたいくらいカッコいいわ！

……ってまた変態ちっくな考えが！　冷たい視線にこんなに喜んでる私、大丈夫か!?

「……なんですか？」

あっ。いけない。呼んだまま放置してたわ。

イクスが怪訝《けげん》そうな顔でこちらを見ている。

そんな顔もカッコい……じゃなくて！

「あの、ルイード様とどんな話をしたの？　なんであんなに落ち込んでいたの？」

「……………そんなに気になりますか？　ルイード様のこと」

「え？」

「さっきからそのことばかり気になっているみたいですし。優しくて穏やかな皇子を俺が傷つけたと怒ってますか？　言っておきますが、皇子に対して暴言を吐いたりなどはしていないので安心してください」

やけにツンケンした態度のイクスに、違和感を覚える。

なんだか……この拗ねたような態度って、まるでヤキモチを妬《や》かれてるみたい……じゃない？　いつものイクスなら、こんな言い方はしないわよね？

「…………」

「…………？　なんですか？」

思わずジーーーッとイクスを見つめていると、また怪訝そうな顔をされてしまった。

二人の会話の内容が気になっているのは確かだけど、ルイード皇子のことだけが気になっているわけではない。

それを伝えたいとは思うのだけど、どうしてもその前に聞きたい。

「もしかして、イクス……嫉妬……してるの？」

「…………嫉妬？」

イクスの目がパチッと丸くなった――かと思ったら、少しずつ顔が赤くなっていく。こんな真正面から赤い顔のイクスを見たのは初めてかもしれない。

かかか可愛いーーーーーー!!

イクスの顔が赤い！　照れてる！　可愛いっ!!

「何言って……っ」

めずらしく動揺した様子のイクスに、胸をぎゅーーっと掴まれてしまった。

イクスは慌てて手で顔の下半分を隠したが、焦っている瞳と赤い顔は隠しきれていない。

あああ。なんなの。可愛すぎない!?　普段クールなイクスのこんな姿、ギャップ萌えすぎる！

告白した時はもっと平然としていたくせに。急に照れ顔披露するとか反則すぎる！

きっと私は目をキラキラさせながら、それはそれは楽しそうな顔でイクスを見つめていたことでしょう。

イクスがちょっと悔しそうな顔で睨んでくる。

「……悪いですか？」

「え？」

「嫉妬くらいしますよ。好きなんですから」

「！」

今度は私の顔が赤くなったのが自分でもわかった。

お互い赤い顔して気まずそうに見つめ合う私達。

「…………」

「…………」

「……ちょっと走っ……訓練場に行ってきます」

「…………いってらっしゃい」

最後は、イクスが視線をそらしながらそう言ったので、私も視線をそらしながら返事をした。お互いこの空気に耐えられなくなったのだ。

イクスと顔を合わせないまま、部屋から出ていったのを確認すると、私は大きなため息をついてベッドに飛び込んだ。

はあああーーー。

心臓の音がうるさい。鼓動が速すぎてなんだか呼吸がしにくい。嬉しいような、気まずくて居《い》た堪《たま》れないような、よくわからない感情。

ルイード様のことを可愛いと思う時は、もっと幸せで楽しい気持ちなのに。

なんでイクスのことを可愛いと思うと、こんなに胸をギュッと鷲掴みにされたみたいになるの……。

◆

皇子が来た日から数日後、私はいつものようにエリックとカイザと朝食をとっていた。部屋の壁際には、イクスやメイ、執事のアース、数人のメイド達が立っている。

ある程度の食事が済んだ頃、エリックがボソボソと話し始めた。

「リディア……今日の公爵子息お二人との顔合わせは中止になった」

「え？　そうなのですか？　お二人とも……なんてめずらしいですね」

「……実は明日も……というよりも、今予定している分はひとまず全てキャンセルだ」

「ええ⁉」

全部キャンセル⁉

噂の巫女に会いたいと、最近では五分という短さにもかかわらず会いたいと言ってくる人が多かったのに。

なんで急に？　まぁ私としては正直めんどくさかったからラッキーだけど。

「エリックお兄様からお断りしたのですか？」

「いや。……ここ最近頻繁に断りの書状が届いている」

「えっ。そんなこともあるのですね」

私……何かやっちゃったのかな？

なぜそんな状態になったのか全く心当たりがないというのに、エリックやイクス、メイやアースは何やら複雑そうな顔をしている。

みんな理由を知っているのかしら？

私と同じように何もわかっていない様子のカイザが、パンを食べながら口を挟んできた。

「なんだ？　お前何かやったのか？　こんなに一気に断られるなんて、よほどひどい顔でもしてたんじゃないのか？」

コイツ。フォークを投げつけてやろうか。

真面目に言っているのがわかるから、よりイラッとするわね！

「でも、たしかに私が何かしてしまったのでしょうか？」

カイザを無視してエリックに質問をすると、エリックが真っ直ぐに私を見た。

「いや。お前のせいではない。なんというか……その……ルイード様が……」

「ルイード様？」

めずらしくエリックが言い淀んでいると、突然カイザがまた大きな声を出した。

「あっ！　じゃあリディアは今日何も予定がないんだな？　なら湖に行くぞ！」

「湖？」

突然何を言い出すのかと思ったら……湖ですって？　全く。私を何歳だと思ってるのよ。

……そんなの行きたいに決まってるじゃない！

異世界の湖とか、なんか神秘的なくらい綺麗なんじゃないの⁉

「ボートもあるんだ！　楽しいぞ！　行くか？」

ボート⁉

異世界の湖でイケメンとボートって、そんなの憧れじゃない。絶対行く！

「い……」

「それは素敵な提案だね。ぜひ俺も一緒に連れていってくれるかな」

返事をしようとした時、突然この場にいるはずのない人の声がした。

ん⁉


バッと全員が声の聞こえたほうを振り返ると、部屋の入口にルイード皇子が立っていた。

もう落ち込んではいないのか、爽やかに微笑みながらゆっくりと部屋に入ってくる。

「朝から突然訪ねてしまってすまない。リディアに会いたくてここまで案内してもらったら、楽しそうな話題が聞こえたものだから」

皇子の爽やかスマイルと私への会いたかった発言で、周りにいるメイド達が小さくキャアキャア言っているのが目に入る。

カイザは特に驚いた様子もなく、「じゃあみんなで行こうぜ！」と言いながら一人食事を続けている。

食事を終えていたエリックは、静かに立ち上がり皇子と挨拶を交わしていた。

「お久しぶりですね。ルイード様。ここ数日、何かと忙しかったみたいですね」

「ああ。思っていたよりも余計な仕事が多くてね。リディアに会いに来られなくて残念だったよ。でももやっと全部終わったからこうして会いに来たんだ」

「おかげさまでリディアの予定もほぼなくなりましたよ」

「そうか。それは俺もがんばった甲斐があったよ」

…………なんだろう。

エリックも少し笑顔だし、ルイード様なんて満面の笑みで会話しているのに、なんで冷たい空気が流れているように感じるんだろう……。

それに、キャアキャアしてるメイド達と違って、イクスとメイとアースが呆れたように皇子を見ている気がするのはなぜなの？

結局、湖には私とカイザとルイード皇子、それとイクスの四人で行くことになった。

エリックは仕事が残っているからと今回は参加しないらしい。

外出着に着替えるため、私は先に失礼させてもらいメイと一緒に自室へと向かう。

メイはポツリと「ルイード様って、思っていたよりもずっと行動力のあるお方なんですね……」と呟いていた。

久々の外出、それも湖ということもあり、メイは明るく爽やかなブルーテイストの服を用意してくれる――と予想していたのだけど、目の前に出されたのは予想とは全く違うものだった。

レースのリボンや小さいお花で飾られた、薄いピンクのワンピースだ。

「こ、これはちょっと可愛すぎないかしら？　今日行くのは湖よ？　もっとシンプルな……」

「何をおっしゃっているのですか。素敵な男性三人と一緒にお出かけされるのですから、しっかりおめかししなくてはダメですよ」

「そういうものなの……？」

「もちろんです！　お美しいリディア様を見たら、きっと皇子様もイクス卿も惚れなお……で、では失礼しますね！」

メイは話を途中で切り上げて、パパパッと着替えさせてくれた。

髪は左側から全体を編み込んでいき、右側のサイドに流している。編み込んだ部分に小花を差し入れていくと、それだけで顔の周りがパァッと明るくなったようだ。

わぁ……まるで妖精ね！　最近目の保養男子ばかり見ていたけど、リディアも負けないくらい美少女だわ！

……本当に私が原因で、婚活は全て断られてしまったのかしら。

「ねぇ、メイ。なんで私と会う約束をしていた方々が、みんな急に断ってきたのかしら」

「えっ……」

「私の態度や受け答えに何か問題でもあったのかしら」

「それはないです！」

メイがキッパリと否定してくれたので、少し不安だった気持ちが軽くなる。

「じゃあ……なんで？」

「それは……それは、権力に屈しただけだと思います……」

「権力に⁉」

思ってもいなかった言葉に、動揺が隠せない。

権力に屈したって何⁉　私の婚活がなんで権力の話になるの⁉

「そ、その権力とは……？」

「私の口からはもうこれ以上は言えません。すみません！」

メイは申し訳なさそうに焦りながらペコッとお辞儀をした。

け……権力の影響がここにも……⁉　なんなの権力って。まさか……ルイード様……？

『俺は俺で好きに動くけどね』

そんな皇子の言葉が頭に浮かんだ――。


準備を終えて外へ出ていくと、もうカイザ達は馬車の前で待ってくれていた。

カイザの横に立っているイクスは、大きな籠のバスケットを持っている。

「イクス、それもしかしてお昼ご飯？」

「はい。料理長が急ぎで作ってくれました」

わぁ！　なんだかピクニックみたい！　ワクワクしてきたわ！

それに、よく見るとみんなもいつもより動きやすい服に着替えたみたいね。ルイード様の服はエリックのかしら？

皇子や騎士の姿ももちろん素敵だけど、こういう普通の服を着てると素材の良さがさらにわかるわね。みんなイケメンすぎる！

こんなイケメン三人連れてピクニックに行けるなんて、私ってばかなりの幸せ者じゃない？

楽しくなりそう！

………なーーんて思っていた数時間前の私へ。

「なんで話し合わなきゃいけないんだ⁉　リディアとボートに乗るのは俺に決まってんじゃねぇか！」

「いや。ここは平等にきちんと話し合って決めよう」

「そうですね。兄とか皇子とか関係なく〝平等に〟決めましょう」

「なんでだよ！　湖に誘ったのは俺なんだぞ⁉」

「婚約者として、他の男性とリディアを二人きりでボートになんて乗せられないからな。ここは俺がリディアと一緒に乗るしかないだろう」

「今は正式な婚約者じゃないですよね？　俺はリディア様の護衛騎士なので、離れるわけにはいきません」

湖に着くなり、誰が私とボートに乗るかで言い争いが始まってしまいました。

さすがみんな自分の意見をしっかりと主張できる男らしい人達だわーー。あはは。

こんなイケメン達に取り合いされてるなんて、さすがリディアよねーー。うふふ。

でもそろそろ誰か辞退してくれてもいいのよーー？

最年長で今回のお出かけの発案者だというのに、二人に意見を無視されているカイザ。

優しく遠慮するタイプに見えるけど、意外と譲らないルイード皇子。

皇子相手にもズバッと言い返して、こちらも全く譲らないイクス。

話し合いは全然まとまりそうにない。

………早くボートに乗りたいです。

湖にあるボートは、小さくてどう見ても二人乗り用。三人とも私と一緒に乗る役を譲る気はないみたい。

「だーかーらー、ここは兄である俺がリディアと乗れば解決じゃねーか！」

「ボートに兄妹で乗ってどうする。今リディアは俺と結婚するかどうかの大事な時期なんだから、ここは譲ってもらわないとな」

「それを言うなら俺のほうが適任でしょう。リディア様は今新しい結婚相手を探しているんですから」

なんだかイクスとルイード様がやけに刺々《とげとげ》しく言い争っているみたいだけど……。

この二人、本当に仲が悪いわね。

落ち着いた二人だから、ただバチバチしてるだけだけど。これで二人ともがカイザのような性格だったら、今頃殴り合っていそうだわ……！

話が全くまとまりそうもないので、私は馬車から先ほどイクスが持っていた大きな籠のバスケットを取ってくることにした。

重っ!!　一体どれだけの食べ物が入ってるのこれ!?

「みんな！　とりあえず先にお昼を……」

下を向いていた状態から、顔を上げてそう言い始めると……いつのまにか目の前にイクスが立っていた。

私が「えっ」と驚くよりも早く、私の手から重いバスケットを取り上げる。そして少し怒ったような顔で文句を言ってきた。

「何してるんですか。これ結構重いんですよ」

「そうみたいね。持って驚いたわ」

「……そういう時はすぐに俺を呼んでください」

「でも、三人で言いあら……話し合ってたから」

「リディア様に呼ばれたら、すぐに行きますよ」

イクスがフッと優しく微笑んだ。

この流し目スマイルは、色気がありすぎて至近距離で見るのは危険だ。さらに優しい言葉付きとなったら、ドキッとしてしまうのも無理はない。

「あ、ありがとう。イクス」

「ではあっちに移動しましょう」

そう言って、荷物を持っていないほうの手が私の手に伸びてくる。

えっ……手をつながれる……⁉　と思った瞬間、ギュッとイクスよりも先に誰かに手を握られた。

ん⁉

「……ルイード様！」

「先に食事にするんだろう？　カイザが待っているぞ」

私の隣にはいつのまにかルイード皇子が立っていた。少しだけ焦った様子で、皇子は不自然な笑顔を作りながら私の手をそっと引く。

行き場をなくした手を戻しながら、こちらもわざとらしい作り笑顔をしながらイクスが言った。

「ルイード様がわざわざ来てくれなくてもよかったんですよ。……邪魔しないでもらえますか？」

「早く食べたいとカイザが言っているから、迎えに来たんだよ。……邪魔するとは元々伝えてあったはずだが？」

顔だけ見ると二人ともニコニコしているのに……。

なんで毎回バチバチという音が聞こえてくる気がするんだろう……。

「とにかく、早く戻ろう」

ルイード皇子はそう言うと、私の手を優しく引っ張りカイザのほうへと歩き出した。

イクスは「あっ」と言って、不機嫌そうに後をついてくる。

あの不機嫌そうな顔……もしかして、また妬いてくれてる……？

『嫉妬くらいしますよ。好きなんですから』

わああ!!　妄想ストップ！

イクスの言葉が蘇り、顔が一気に赤くなったのがわかる。

後ろにいるイクスから視線を外し前を向くと、ルイード皇子が私の様子をジッと見ていた。

わっ！　み、見られてた⁉

「……顔、赤いけど大丈夫？」

「えっ。あっ、はい！　大丈夫です」

「……彼と何か……」

「え？」

「……いや。なんでもないよ」

そう言って優しく笑った皇子の笑顔は、どこか悲しそうな色が見える。今日は何度も皇子の不自然な笑顔を見たけど、こんな辛そうな笑顔は初めて見た。

ルイード皇子はさっきよりも少しだけ強く、私の手をギュウッと握ってくる。

つないでいる手がとても温かい。

それなのに、なぜか切ない気持ちが伝わってくるようだった。

木陰に広げたシートの上に座りながらご飯を食べていると、カイザが何か閃いたかのように大きな声で叫んだ。

「よし！　誰も譲らないなら、全員がリディアとボートに乗ればいいんじゃないか？　向こう岸まで行って戻ってくる！　それで交代だ。どうだ？」

「……俺はそれでも構わないよ」

「俺もそれでいいです」

「よし！　決まりだ！　めんどくせーから順番も俺が勝手に決めるぞ！　一番俺。二番ルイード様。

三番イクスだ！」

……………自分が一番なのね。

それにしても、私の意見は全く聞かないのかよ。私だけ三往復もしなきゃいけないじゃん！

まぁ乗るけどね!?　ボートとかちょっと楽しそうだし！

イクスもルイード皇子も順番には納得いってなさそうだったけど、そこは我慢したのか何も言い返したりはしなかった。

食後、早速私達はボート乗り場に移動し、カイザと一緒にボートに乗り込む。

思ったよりも揺れるのでバランスを崩して倒れそうになったけど、カイザが片手で受け止めてくれた。

「ほら。気をつけろよ」

「う、うん」

おおお。なんだかカイザがカッコよく見えるわ。これが吊り橋効果ってやつ？

……それはまた違うか。

向かい合わせになるように座ると、カイザがニヤッと笑いながらオールを持った。

「ここから向こう岸までどっちが早く行けるか、あいつらと競争するか!?」

なんとも楽しそうな顔だ。子どもか。

キラキラした瞳に水をさして悪いけど、カイザが本気を出したらどんなスピードが出るのか——考えるだけで恐ろしいわ！

「いいえ。危ないからやめましょう」

「じゃあ何分で向こう岸まで行けるか、時間を計るか⁉」

なんでそんなにスピードにこだわるんだよ。子どもか。

それじゃ対戦相手がいないだけで、やること一緒じゃん！

「いいえ。怖いからゆっくりがいいです」

「そ、そうか？」

目に見えてシュンとしてしまったわ。子どもか。

なんだかこっちが悪いことした気分になるわね。

チラッとボート乗り場の様子を見てみると、イクスとルイード皇子が二人で並んで心配そうにこっちを見ていた。

クール系カッコいいイクスと、爽やか系カッコ可愛いルイード皇子のツーショット。

こ……これはヤバイ！

アイドルの生写真として売られたら、即完売するやつ！　なんって眩しすぎる光景なの⁉

湖よりもあなた達のが眩しくてキレイってどういうこと⁉

そんな二人に見惚れていると、カイザがオールを漕ぎ出した。私に言われた通り、全然力も込めずにのんびりマイペースに漕いでくれているみたいだ。

うん。きっとこれでも弱く漕いでくれてるのよね？

なんだか真正面からの風当たりが強くて、日傘が飛ばされそうになってるのを必死に持っているんだけど、きっと本人はのんびり漕いでくれているのよね？

……速すぎるわ！！！

「ちょっ……カイザお兄様⁉　も、もう少しゆっくり！」

「あ？」

カイザがピタリと動きを止める。

気づけばあっという間に湖の半分以上進んでいたらしい。さっきまでいた岸よりも、向かっている岸のほうが近くなっている。

一体どれだけ怪力なのよ……⁉

「速すぎたか？」

「……かなり。そのさらに半分くらいの力でいいと思いますよ」

「難しいな。今のもほとんど力入れてないんだけどな」

「……カイザお兄様と結婚される女性は、鋼の心臓を持ったご令嬢がいいと思うわ」

「結婚か。お前はどうなんだ？　ルイード様とイクス、どっちと結婚したいんだ？」

突然のカイザからの質問に、さしていた日傘を離してしまいそうになった。

「は、はあ⁉　な……なんでイクスの名前が出るの⁉」

え⁉　カイザはイクスの気持ちを知ってるの？　イクスが言うわけなさそうだし、まさか自分で気づいたとか⁉

「この二人は俺がリディアとの結婚を許せる二人だからだ！」

カイザが堂々とした態度でキッパリと言った。

なんだそれ。お前の希望かよ！

ああーーでもびっくりした……。兄に今の自分の恋愛事情とか知られてるなんて、気まずすぎる！

「どっちと結婚と言われても……」

「じゃあ、どっちとボートに乗りたかったんだ？」

「え？」

「さっき、誰がお前とボートに乗るかで揉めていただろ？　お前はルイード様とイクス、どっちとボートに乗りたかったんだ？」

おもしろがっているようでもなく、カイザは本当に純粋な疑問として聞いてきている。

どっちと乗りたかった……？

頭の中には、焦茶色の髪をしたクールな騎士の姿が浮かんでいる。

実は先ほど三人が言い争っている時にも、彼を望む気持ちがなかったとは言えない。

「…………」

「まぁ答えなくてもいいけどな！　お前が自分でわかっているなら、それでいい」

何も答えられずにいたら、カイザが意外にもそのまま流してくれた。無言のままカイザを見つめると、優しく微笑みながらポンと頭に手を載せられる。

「俺はお前が幸せならそれでいいんだ。お前が望まない結婚を強要されたら、全力で止めてやる。だから絶対に自分の気持ちに正直になれよ」

「…………」

……なんなの。急にお兄さんぶるなんてずるい……。

頭に載せられているカイザの手が大きくて、カイザの顔が見えない。

見えなくてよかった。この大きな手がなかったら、私の涙目が見られていたかもしれないから。

しばらくこの状態でいたあと、カイザはゆっくりとまたオールを漕ぎ始めた。

◆ルイード皇子視点

リディアと湖に出かけるだって？

コーディアス家の使用人に案内された先では、カイザとリディアが湖に出かけるという話をしていた。

ボートに乗るという会話まで聞こえてきたので、思わず挨拶の前に勝手に入ってしまった。

イクスは会話には混ざっていなかったが、護衛騎士なのだから当然一緒に行くのだろう？

今ここに自分がいなかったなら、自分の知らないところでリディアは彼と湖に出かけていたのか。

仕方のないことだが、いつもリディアの近くにいられる彼をどうしても妬《ねた》んでしまう。

チラッとイクスを見ると、わかりやすいくらいに不機嫌な顔をしている。

きっと、俺も一緒に行くのが気に入らないのだろう。

「ルイード様。一体何をされたのですか？　リディアの今後の予定も、今まで会ったお相手も、いくら王宮といえど簡単には調べられないはずですが」

準備のためにとリディアが退室してすぐ、エリックが尋ねてきた。

まだはっきりと肯定していないというのに、リディアの顔合わせが全てキャンセルになった原因は俺だと確信しているようだ。

まぁ、俺がやったことなんだけどね。

「王宮には何も協力など頼んでいないよ。俺の動きが陛下に伝わったら、さらに邪魔をされてしまう恐れがあったしな」

「では、どうやって……」

「それは〝信用できる情報屋〟にお願いしただけだよ」

「………」

一瞬でエリックとイクスの表情が険しくなる。

名前を出していないというのに、その情報屋がジェイクだとすぐに気づいたらしい。

あとでジェイクが文句を言われてしまうかもしれないな……。

拳をギュッと強く握りしめているイクスを見て、文句だけで済めばいいけど……と思いながら、リディアの準備が終わるのを待った。


湖に着いてすぐ、誰がリディアと一緒にボートに乗るかで口論が始まった。

我を貫くカイザはもちろん、今日はイクスも全く譲らないため、話はずっと平行線のままだ。

なんでこんなにも譲らないんだ、この二人は。

皇子であることで横柄な態度は取りたくないが、もう少し敬ってくれてもいいんじゃないか？

まぁ……俺だって他のことなら譲ってもいいが、リディアのことでは譲りたくない。特に今回はボートで二人きりという状況になるんだ。

カイザはまだいいとしても、イクスだけは絶対に反対だ！

リディアと彼を一緒にボートに乗せるわけにはいかない。

延々と話し合いが続く中、ふと気がつくとイクスがいなくなっていた。少し離れた馬車の近くにその姿を見つけ、ハッと緊張が走る。

リディアもいる……！

見つめ合いながら話している二人の姿を見て、なんとも言えない不安が襲いかかってくる。

「このボートを提案したのは俺なんだから、絶対に俺がリディアと乗る――」

一人で喋っているカイザをそのままに、俺は二人のもとへ走った。

もうすぐ着くというところで、イクスの手がリディアの手に触れようとしているのが見えた。慌ててイクスよりも先に彼女の手を掴む。

……みっともないかな。でも、どうしても嫌なんだ。

「とにかく、早く戻ろう」

イクスと軽い口論をしたあと、俺は少し強引にリディアの手を引いて歩き出した。

背後からは、イクスの「あっ」という声が聞こえてくる。

だいぶ不満そうな声だな。……無理やり引いてきてしまったけど、リディアは嫌がっていないかな？

恐る恐るリディアの顔を横目に見ると、彼女は後ろにいるイクスを見ていた。

透き通るような白い肌は、何かを思い出したのか急に真っ赤になった。

あまりの可愛らしさに一瞬胸がドキッとしたが、その顔を赤くした理由を想像すると背中に冷たい風が当たっているかのような感覚が押し寄せてくる。

イクスを見て顔を赤くした……よな？

ざわざわと嫌な胸騒ぎがする。

「……顔、赤いけど大丈夫？」

「えっ。あっ、はい！　大丈夫です」

指摘されたのが恥ずかしいのか、リディアは自分の頬を隠すように手を添えている。

この反応……どう見ても照れているようにしか見えないんだけど……。

「……彼と何か……」

「え？」

「……いや。なんでもないよ」

聞きたいけど、聞けない。知りたいけど、知りたくない。もう俺の恐れていることが現実になっているのかもしれない。

リディアは、彼のことが好きなのだろうか。

もしそうだったとしても、すぐに引くことはできない。そんな簡単に諦められるほど、軽い気持ちじゃないんだ。

少しでも可能性が残っているのであれば、その希望にかけたい。

……俺も、リディアに好きだと伝えよう。


その後カイザの提案で、結局全員がリディアとボートに乗ることになった。

イクスとリディアを二人にさせるのは気が進まないが、それはきっとむこうも同じ気持ちだろう。お互い我慢するしかない。

ボート乗り場までみんなで行き、リディアとカイザを見送る。二人の乗ったボートは、ものすごい速さで岸から離れていった。

……ボートってこんなに速いものなのか？

カイザの漕ぐ力が凄すぎるだけなのか？　あんなにスピードを出して、リディアは大丈夫なんだろうな？

隣に立っているイクスも、心配そうにボートを目で追っていた。そんな彼の姿に、先ほどの苦い気持ちが蘇ってくる。

俺から見て、リディアは今イクスを意識している……と思う。イクスはそれに気づいているのだろうか？

「……イクスは、リディアに気持ちを伝えたと言っていたが……」

「……？　はい」

「彼女も君を…………」

「え？」

彼女も君を好きなんだろうか――そう聞きたいが、言葉が詰まる。

頭で考えるのと口に出すのとでは全然違う。今の俺は、まだ口には出せないようだ。

イクスの顔を見ることができないため、俺はずっとボートに視線を向けている。

それでも、イクスが困惑しているのが空気でわかった。俺が言葉を途中で止めてしまったのだから、無理もない。

しかし、彼は黙ったままそれ以上聞き返してはこなかった。

……俺がリディアに気持ちを伝えること、イクスには言っておいたほうがいいだろう。

俺はボートから視線を離さないまま、また話し出した。

「この後は……俺がリディアと乗るんだよな……？」

「……はい」

困惑気味な答えが返ってくる。

当たり前だが、俺が何を言いたいのか全くわかっていない様子だ。

俺はボートから視線を外し、イクスに向き直った。

「俺もリディアに気持ちを伝えようと思う」

「…………え」

イクスの目が少しだけ大きくなって、俺を真っ直ぐに見据える、

「今までも、彼女を望んでいるという気持ちは伝えてきたつもりだ。でも、はっきりと言葉にしたことはない」

「…………」

「同じ立ち位置になるためには、俺もしっかりこの気持ちを伝えるべきだ」

「…………同じ立ち位置？」

イクスがどこかムッとしたように顔を引《ひ》き攣《つ》らせた。

「ルイード様のほうが、すでに近い位置にいると思いますが？」

はあ？

拗ねたようにそう言ったイクスを見て、まだリディアの気持ちの変化には気づいていないことがよーーくわかった。

……思っていたより鈍感なんだな。

リディアのあのわかりやすい態度を見ても、毎日近くにいても、それに気づいてないっていうのか？

俺のほうが近い位置にいると思い込んで、苛立っているのか？

羨ましさや妬ましさよりも、そんな彼の馬鹿らしさに呆れてしまう。

「な、なんですか？　その目は……」

俺の軽蔑した感情が顔に出てしまっていたらしい。

イクスが口元をヒクヒクさせながら問いかけてきた。

「いや。君って意外と………なんでもない。わざわざライバルに教えてあげるほど、俺は優しくないからな」

そう言った時、リディアとカイザの乗ったボートが戻ってきているのが目に入った。

あのボートが到着したら、次は俺とリディアが乗る番だ。

その時――リディアに、俺の気持ちをちゃんと伝える。

鼓動がどんどん速くなっていく。手がかすかに震えそうになるのを必死におさえて、俺はボートが到着するのを待った。

◆

カイザと乗ったボートが乗り場に到着すると、先ほどと変わらない位置にイクスとルイード皇子が立っていた。

もしかしてこの二人、ずっとここにいたのかしら……？

よく見ると二人ともどこか元気がなさそうに見える。

ルイード皇子は私達が戻るなり笑顔を見せてくれたが、イクスは心ここに在らずといった様子で目を合わせることすらしない。

何かあったのか気になるけど、カイザが降りるなりルイード皇子がボートに乗り込んできた。

このまますぐに出発するらしい。

「一度ボートから降りて休憩する？」

ルイード皇子が私を気遣ってくれたが、特に疲れてもいなかったのですぐ出発することにした。

「気をつけて行けよ」

「いってきます」

カイザは声をかけてくれたけど、イクスはまだ黙ったままだ。私のほうを見てもくれない。

なぜだかすごく寂しい……。

結局、ボートが動き出してもイクスはこちらを見てはくれなかった。

「……寂しい？」

「え？」

「いや……そんな顔をしていたから」

「そ、そんなことないです」

慌てて否定すると、皇子は「ははははっ」と少し切なそうに笑った。まるで皇子も寂しいと思っているかのような顔だ。

「湖なんて初めて来たよ。実はオールを漕ぐのも初めてなんだが……カイザのを見て真似してみた」

「そうなのですか。でもとってもお上手です。カイザお兄様より、断然乗りやすいですよ」

「それなら良かった」

ルイード皇子がやっと本当の笑顔で笑ってくれた気がする。

どこかホッとしているのが伝わってきて、とても可愛い。

皇子がゆっくりと漕いでくれるので、さっきよりも周りの景色をきちんと眺めることができた。

「ここの湖は本当に綺麗ですね。透き通っていて、キラキラ光っているみたい……」

「俺から見ると、リディアの髪の毛も同じくらいキラキラしているから眩しいよ。水にうつして見てごらん」

言われた通りボートから少しだけ顔を出してみると、私の髪の毛が輝いてうつっているのが見えた。

「……本当だ。日に当たると、こんなにキラキラするんですね」

「リディアは自分が周りからどう見えてるのか、全然わかってなさそうだよね」

「それ、バカにしてます？」

「まさか！」

私が少し拗ねたように言うと、ルイード皇子は慌てて否定した。

初めて会った時に比べて、外見も中身もだいぶ大人っぽくなったけど……この焦った顔は相変わらず可愛いな。いつ見ても癒される。

「あ……リディア。髪についてる花が取れそうだ」

ルイード皇子の手が、サイドに編み込まれている私の髪に伸びてきた。取れかかった花を一度抜き取り、また丁寧にさしてくれる。

急に近くなった距離に、身体が硬直してしまった。

一瞬だけ合った目をそらし下を向くと、日傘を持っていた両手に触れられたのがわかった。

えっ？

そのまま私の右手だけを持ち、ルイード皇子の両手でぎゅっと包まれる。

気づけばボートは湖の真ん中で止まっていた。

「ル、ルイード様……？」

皇子は私の手を包んでいる両手に額を当てて、祈りを捧げるかのような体勢になっている。顔は見えないけれど、手が少しだけ震えているのがわかった。

「頼む……。他の男のところへ行かないでくれ……」

「……え？」

かすれたような小さい声。

周りがこんなに静かでなかったなら、聞こえないほどの皇子の言葉……。

ゆっくりと顔を上げた皇子は、宝石のような瞳で真っ直ぐに私を見つめてきた。あまりにも綺麗なその瞳から目が離せない。

「君が他に婚約者を探していると知った時、胸が苦しくて押しつぶされそうだった。誰かに取られるかもしれないと考えるだけで、不安でたまらないんだ……」

ぎゅっと、握る手に力が入ったのがわかった。

「こんなに心を動かされるのも、生涯一緒にいたいと思うのもリディアだけだ。俺と……結婚してほしい」

「……!!」

皇子の瞳には不安そうな色が浮かんでいる。握られた手から、さっきよりも震えているのが伝わってくる。

心ににじむように染み渡ってくるその言葉に、なぜか胸がしめつけられた。

なんで苦しいの……。

なんで泣きたくなるの……。

ルイード様が本気で気持ちを伝えてくれている。自分を求めてくれている。

それなのに、なぜこんなに悲しいんだろう……。

「わ、私……」

「ストップ。今は返事はしないで。まだ時間はあるから、すぐに答えを出そうとしないでほしい。もう少しだけ……俺のことも考えてほしいんだ」

「………」

皇子はまた泣きそうな顔で笑った。

そんな皇子の笑顔を見て、私は小さく頷くことしかできなかった。

そのあとは会話もないまま、ボートは元の岸へと戻っていく。乗り場に着き、皇子がボートから降りる。

カイザに少し休憩するかと聞かれたけど、とてもそんな気分ではなかったので断った。

このまま出発したい。

そう素直に伝えると、イクスがボートに乗り込んできた。

先ほどと変わらずイクスもどこか態度がおかしいままだったけど、きっと今は私の態度も不自然になっているだろうからお互い様だ。

「日が沈むまでには戻ってこいよ」

「わかりました」

カイザがイクスに声をかけている。

いつの間にか空は夕焼け色になってきていた。

カイザよりはゆっくり、ルイード皇子よりは速いスピードで、ボートが進んでいく。半分以上進んだ頃、ずっと黙っていたイクスが口を開いた。

「……大丈夫ですか？」

「……何が？」

「なんだか……考え込んでいるようなので……」

そう言われて、このボートが出発してから初めてイクスの顔を見た。

普段クールなイクスにはあまり見ることのない、不安そうな顔をしている。

「……イクスこそ、変な顔してるわよ」

「変な顔!?」

私の言葉にショックを受けたのか、めずらしくイクスが素の姿を見せてきた。

「ふふふっ」

「……からかってるんですか？」

「まさか〜」

驚いた顔も、少し拗ねた顔も、全てが私の心を温かくしてくれる。

でも、今はその温かさは逆効果だったみたいだ。

「……………リディア様？」

ずっとこらえていた涙が、ポロッと頬をつたった。

「…………っ」

一度出てしまうともうダメだ。止められない。どんどん溢れてくる。

泣いている顔を見られたくなくて、両手で顔を隠した。

なんでこんなに苦しいんだろう。

ルイード様から好意を向けてもらったのに。嬉しい気持ちよりも、悲しい気持ちになるのはなんでなの。

『親しい相手から告白されたら、そんなに嬉しい顔はできないものなんだよ。特に、他に好きな人がいる場合はね』

そんなジェイクの言葉が頭に浮かぶ。

私が「たとえ他に好きな人がいても、好きって言われたら嬉しくなるものでしょう？」と聞いたら、「こればっかりは実際にされてみないとわからないことかな」って言っていた。

……ジェイクの言う通りだよ。

嬉しい気持ちがないわけじゃないけど、とても嬉しい顔なんてできそうにない。

あの時は本当にジェイクの言ってることが理解できなかったけど、今ならわかる気がする。

なんでこんなに苦しいのか……。

きっと、その気持ちに応えられないからだ。

相手の気持ちを受け入れてあげられない……だから親しい相手ほどつらくなるんだ……。

「………っ」

ルイード様の気持ちに応えることができない。

それがこんなにも苦しくて、涙が止まらない。

「リディア様」

イクスが、顔を隠している私の左手を引っ張って顔を出させた――と同時に、何か布のようなものが顔に優しく押しつけられた。グイグイと涙を拭っていく。

ハンカチよりも少しかたい……？　と思ったその布は、どうやらイクスの服の袖らしい。

「……今ハンカチ持ってないので、これで我慢してください」

口調はぶっきらぼうだが、涙を拭いてくれる手はとても優しい。

……どうしよう。ルイード様に告白されてはっきり気づくなんて……。

ルイード様に申し訳ないと思いつつも、この優しい手に惹かれてしまう。手に直接触るのは躊躇《ためら》われて、袖の部分を少しだけつまんだ。

私、イクスのことが好き……。

「リ、リディア様……？」

戸惑っているイクスの声が聞こえて、また心が温かくなったのがわかる。

こんなにも私の心は正直なのに、なぜ今まで気づかなかったのか自分でも不思議だ。

私の涙が止まるまで、イクスは何も聞かずにそのままでいてくれた。

八章
涙の返事

episode.08

ピクニックに行った日から数日。私は見事に挙動不審女と化している。

「あっ！　リディア様見つけた！　もぉーー捜しましたよ」

「メ、メイ……」

「今日は食料庫ですか？　最近いつの間にかいなくなっては普段行かない場所に隠れていますが……何かあったのですか？」

「別に……なんでもないわ」

「イクス卿なんて、庭にある建物全て捜しに行ってますよ」

うっ……。

イクスの名前を聞くだけで、胸がざわついて顔がこわばってしまう。

大切で元々大好きなイクスのことを、恋という意味で好きだと気づいてから……どうにも彼と顔を合わせられなくなってしまった。

イクスと同じ空間にいるのが耐えられなくて、つい毎日こうして彼から逃げては隠れているのだ。

「さぁ、お部屋へ戻りましょう。イクス卿にも見つかったと知らせに行かなきゃ……」

そう言いながら、座っている私に手を差し出してくる。私はその手を取らず、懇願するようにメイを見つめてお願いをした。

「イ、イクスは呼ばないで……」

かなり弱々しい声になってしまったので、きっと顔も情けなくなっていると思う。

そんな私の様子を見て、メイは少し困ったような顔をすると、急に顔を近づけてきた。

「……リディア様。私、ずっっっっっと我慢していたのですが、言わせてもらってもよろしいでしょうか？」

「な……何……？」

「リディア様。…………イクス卿のこと、好きですね？」

「えっ⁉」

いきなりの爆弾発言に、素直に反応してしまう。

メイはふぅ……と小さなため息をつくと、私の隣に「失礼します」と言ってちょこんと座った。

「ど、どうしてわかったの⁉」

「……リディア様の態度、かなりあからさまでしたよ。お部屋からいなくなるのも、いつもイクス卿が訓練場から戻ってくる時間ですし……」

ええええ⁉　あ……あからさま⁉　そんなにわかりやすかった⁉

最近の自分の不自然な動きの理由を知られていたとわかり、とてつもなく恥ずかしい。

はっ！

そんなにわかりやすかったなら、もしかして本人にも⁉

「……もしかして、イクス本人も気づいてる？」

「いえ。それはないですね。……むしろ嫌われてると思って落ち込んでいます……」

「え？」

最後の言葉だけやけに小さい声で喋るので、何を言っているのか聞こえなかった。メイは遠い目をしながら「なんでもないです」と言った。

でも本人にはバレてないとわかって、心の底から安心したわ！　最近あまり顔を合わせていないからかも。やっぱり、バレないように今後もこのまま避け続けて――。

「どうして避けるのですか？　両想いなんですから、正直にお気持ちを伝えたほうがよろしいのでは？」

メイはごく自然に、当たり前のことを言うかのように質問してきた。

いやいやいやいや。ちょっと待って⁉　なんかしれっと言ってくれちゃってますけどね⁉

あなた今、『両想い』とか言いました⁉

「なななんで両想いだって……」

「あ。イクス卿の気持ちですか？　本人からは何も聞いていませんが、ずっと前から知っていますよ」

あんた何者⁉　探偵⁉　メイドは見た！　的な素人探偵なの⁉

前からメイのことはすごく優秀だと思っていたけど、ここまで色々把握しているなんて……！

すごいと尊敬する気持ちもありつつ、どこまで知られているのか恐ろしくもある。

「それで、なぜ本人に伝えてあげ……伝えないのですか？」

「それは……」

頭の中には、悲しそうに笑うルイード皇子の顔が浮かんでいる。

この前、私に自分の気持ちを話してくれた皇子。

返事はまだしないでほしいと言われたけど、そこが曖昧なままイクスに伝えることはできない。

「……今はまだ、伝えるべきじゃないかなって」

「……そうですか。まぁルイード様のことをハッキリさせてから、というのもわかります」

「そうなのよね。まずはそこを……って、えええ!? ちょっ……ほんとに……なんで……!?」

「見ていればなんとなくわかります」

そうなの!? そんなことなくない!?

あれ？ 小説で、リディアのメイドが超能力者とかいう設定はないわよね？

これが噂の『女の勘』ってやつなのかな。すごすぎるわ！

「とりあえず、みんな心配しているので一度お部屋に戻りましょう」

「うん……」

今度こそメイと一緒に立ち上がり、隠れていた食料庫を出て自分の部屋へと向かう。

メイに色々バレていて恥ずかしい――と思っていたはずなのに、なぜか心が軽くなっていることに気づいた。

そういえば、私の気持ちを誰かに知ってもらうのも、そんな話をするのも初めてだわ。少し恥ずかしくもあるけど、なんだかスッキリしたかも。

これならイクスに会っても普通でいられそう…………って！

へ……部屋の前に立ってるのはまさかのイクスさんではないですか!?

ああっ！ 気づかれた！

部屋に向かっている私達に気づいたイクスが、スタスタとこちらへ歩いてくる。

私を捜していたからか、汗をかいているイクスの姿に罪悪感が湧く。

こんなに汗をかくほど捜してくれたなんて、申し訳ない…………って思うのに！　ダメだ!!　それ以上にそんな姿がカッコよすぎて胸がときめいてしまう！

罪悪感よりもそっちのほうが強い。ごめんイクス！

恋をすると相手がさらにカッコよく見えるとか、キラキラして見えるとかいうけど、まさにそんな状態だ。

元々イクスは眉目秀麗すぎる最強イケメンなのに、そこに恋のフィルターかかったらもうヤバイ……ヤバすぎる！

「リディア様。どこに行ってたんですか？」

「……食料庫にいました」

「食料庫!?」

私がメイの後ろに隠れてしまったので、代わりにメイが答えてくれる。最近はずっとこんな風にイクスを避けてしまうのだ。

「……で、リディア様はなんでメイの後ろに隠れているのですか？」

少しだけ不機嫌そうな声でイクスが言った。

「か……隠れてなんかいないけど」

「え。それ本気で言ってます？」

うっ……。そんなわけないでしょ！　でもはっきりと「あなたを避けてる」なんて言えるか！

仕方ないので、掴んでいたメイの服を離してイクスの前に出る。

でもやっぱり顔を見ることができなくて、視線は部屋の扉のほうに向けてイクスのことは見ないままだ。

「………メイ。少しだけ、リディア様と二人にしてくれるか？」

そんな私を見たイクスが、さっきよりも低い声で怒りの空気を漂わせながらメイに言った。

え⁉　二人にしてくれ⁉

無理！　無理無理無理無理‼

バッとメイを見ると、少し困った顔をしながらもわけあり顔で私に向かってコクンと頷いた。

私の心の叫びが通じたかな？　と思ったけど、メイはイクスに向き直ると笑顔で「いいですよ」と答えている。

ええーーーー⁉　ちょっと！　全然よくないんですけど⁉

ここはもう自分で断るしか――。

「待って！　勝手に……」

そう言い始めるのとほぼ同時に、イクスに手首を掴まれて部屋まで引っ張られてしまった。

私が部屋に入るなり、前にいたイクスが後ろを振り向いてバタン！　と扉を閉める。

そしてその体勢のまま動かなくなってしまった。

私の背中は扉にくっついていて、イクスの右手はドアノブ、左手は扉に押し当てている。そんなイクスの両手にスッポリ囲まれている状態の私。

……ちょ、ちょっと待って。

こ、この体勢って、もももしかして……かか壁ドン……というやつでは⁉

ウソ‼　近い近い近い‼　すぐ目の前にイクスの胸元が……！

頭の上にはイクスの顔がすぐ近くにある気配がする。

どどどどうしよう！　顔上げられない‼

「……こっち見てください」

思った以上に近い距離からイクスの声が聞こえる。ドッドッドッと激しくなっている心臓の音も聞こえてしまいそうな近さだ。

「………無理」

「どうしてですか？　最近、俺のことをずっと避けてますよね」

バレてる！　ま、まぁそりゃそうか……。

「避けてなんか……」

「……じゃあなんで俺の顔見ないんですか？」

「………」

こんな至近距離で見れるかバカ！

何も答えられずにいると、イクスの顔がさらに近づいてきたのがわかった。左耳の近くに感じるイクスの息遣いに、鼓動がどんどん速くなる。

　すると、先ほどまでとは全然違う――悔しそうな声でイクスが囁いた。

「……言いたいことがあるなら、はっきり言えばいいだろ。嫌いとか他の男が好きとか、こっちは言われる覚悟できてんだよ。避けるくらいなら、もうここで終わりにしてくれ」

　いつも敬語のイクスが、初めて自分の本当の言葉で伝えてくる。

　その声は歯を食いしばっているかのような、泣きそうな声だった。

　苦しそうなその声に、私の胸も痛くなる……って、……ん？

『嫌い』『他の男が好き』？

　え……今、私……イクスにそう思われてるの？　嫌ってるから避けてると？

　あっ！　だからメイは私の気持ちはイクスに気づかれてないって言ってたのね。バレてないのは嬉しいけど、そんな誤解をされてるのは困る！

「ちょっと待って。私、イクスのこと嫌ってない！」

「……なら、なんでこっち見ないんだよ」

「それは……」

　恥ずかしいからだよ！　照れてるんです！

「……嫌いじゃないなら、他に好きな男が……」

「いない!!」

　私は思わずバッと顔を上げた。その誤解だけはしてほしくない！

　深い緑の瞳と間近で目が合う。

イクスの身体が一瞬で強張ったのがわかった。その距離は想像していたよりも近く、少し背伸びでもしたなら唇に触れてしまいそうだ。

「他に好きな人なんていないし、イクスのことを嫌ってもない」

「……俺を気遣ってるなら……」

「気遣って言ってるんじゃない！　イクスだから……こんなに近い距離でも、嫌じゃない……」

「こんなに近い距離……？」

「…………」

「…………」

イクスはまるで信じられないものを見るかのように私を凝視したあと、突然力が抜けたようにその場にゆっくりとしゃがみ込んだ。

なぜか頭を抱えている。

「イクス……？」

私も同じようにしゃがみ込み、その顔を覗こうとすると突然イクスが小さく叫んだ。

「いや！　近いだろ!!　あの近さはダメだろ!!」

「え？」

「なんで拒否しないんですか!?　あのままでいたら危険でしょう!?　顔を殴るなり、身体を押すなりして逃げなきゃダメです！」

「……それ、やった本人が言う？」

「……い、いや。俺もまさかあんなに近かったなんて……。必死すぎてよくわかってなかったけど……」

なぜか顔を青くして焦っているイクス。

勢いであの体勢になったものの、その距離感に気づいていなかったらしい。

普段冷静なイクスらしからぬ行動に、思わず笑ってしまった。

「大丈夫よ。言ったでしょ？　あの近さでもイクスなら嫌じゃないって」

「…………」

イクスは私の言葉を聞いて目を丸くしている。青かった顔色が、だんだんと赤くなっていく。

かわいい……。

胸をギューーッと掴まれて苦しいくらい、イクスを愛しく感じる。

丸く見開かれていたイクスの瞳がゆっくりと細められ、いつもの色気ある強い瞳に変わった。真っ直ぐに見つめられて、心臓が大きく跳ねる。

気づけば私の左頬にイクスの手が添えられていた。長い指先が優しく私の耳や髪に触れている。

イクスの顔が、さっきと変わらないくらいの近さにまで迫っていることに気づく。

一気に身体中の体温が上がってしまったみたいだ。

胸が熱い。手が震える。声が出ない。

イクスの指が私の耳を撫でたと同時に、かすかに聞こえるくらいの声で彼が囁いた。

「……なら、どこまで近づいていいですか？」

深い緑の瞳から目がそらせない。

どこまで……って……。これ以上近づいたら……。

頬に添えられている手にグッと力がこもったのが伝わってくる。

イクスの鼻先が私の鼻を軽くかすめていく。

もうすぐで唇が触れてしまう……ぎゅっと目をつぶると、イクスがピタリと動きを止めた。

…………あれ？

恐る恐る目を開けてみると、イクスは頭を下げた状態でプルプル震えていた。私の左頬に当てられていた手は、いつの間にか私の肩へと移っている。

え？　何？

わけがわからずその状態を見守っていると、突然顔を上げたイクスがまたまた小さく叫んだ。

「あぶねぇ!!　ちょっ……なんで止めないんですか!?　あの状態で目を閉じたらダメです！」

「……なんで？」

「なんでって……え？　目を閉じたら……してもいいって誤解される……から」

「誰に？　イクス以外の人にはしないけど」

「じゃあ……俺に誤解される……？」

イクスはしっかり会話しているものの、半分くらい理解できていないような顔だ。私が言ってることも、自分で言ってることも、よくわかっていない。

いつの間にか敬語に戻ってるし。

ポカーンとしているイクスは、まるで頭の上に???マークが浮かんでいるみたいだ。

私だって恥ずかしくてたまらなかったはずなのに、イクスのわけわからん顔が可愛くて素直に言葉が出てきてしまう。

「いいよ。誤解しても。……誤解じゃないけど」

「……え？　……それってどういう意味……」

「さっきも言ったでしょ。イクスなら嫌じゃないって」

「…………」

とうとうイクスの思考回路が停止してしまったらしい。真顔で口を少し開いたまま、動かなくなってしまった。

ここまで言ったら、もう好きだと言ったようなものだよね。

イクスと一緒にいると、自分の気持ちを正直にぶつけたくなってしまう。

でも、その言葉だけはまだ待って。ルイード様にきちんと伝えてから……ちゃんとしてから、言いたい。

「……リディア様。どう考えても、俺……自分にとって都合がいい方向にしか考えられないんですけど……」

「ふふっ。いいんじゃない?」

「……いいんですか？　俺、期待するって言ってるんですよ?」

「いいよ」

私の答えを聞いたイクスは、なぜかまたうつむきながら頭を抱え込んでいる。どうにも今の彼の情報処理システムは正常に作動できていないみたいだ。

こんなに戸惑っているイクスはなかなか見られないので、正直見ていて楽しかったりする。

カッコいいイクスにももちろん胸はときめくんだけど、かわいいイクスのほうがもっとこう……ぎゅーーーーっと胸にくるのよね。

好きな気持ちを伝えたくなったり、その身体に触れたくなったり、触れてほしいと思ってしまったり……。

自分の頭を抱えているイクスの大きな手に、つい視線がいってしまう。

あの手にまた触れてほしい。触れたい。

手を伸ばしイクスの手にそっと触れると、イクスがピクッと反応してうつむいていた顔を上げた。

慌てて離そうとしたが、その手を強く握られてしまう。

「……こういうのも誤解されるので、男にしてはいけません」

「……だからイクス以外にはしないってば」

「…………」

なぜかイクスは顔を赤くしながらも、少し怒っているような悔しそうな――複雑そうな顔をしている。

そして「はあああああーーーー」と大きく長いため息をついた。

「なんなんだよ、これ。どんな状況なんだよ。実は夢なのか？　自分に都合のいい夢なのか？」

私の手を握っているのとは逆の手を自分の顔に当てて、何やら考え込むようにブツブツ言っている。

一体いつになったら理解してくれるんだろう。

……どうしたら、わかってくれる？

私はイクスに握られている手をチラリと見た。

そして、その手を持ち上げて自分の顔へと近づけると、その指にそっと優しくキスをする。

イクスの手がビクッと震えたのがわかった。

……はい。予想通り、イクスさん固まってますね。よし。では今のうちに逃げましょう。私ももう限界!!　これならさすがに理解してもらえたでしょ！

私はバッと立ち上がり、急いですぐ後ろにある扉を開け、放心状態のイクスをそのまま部屋に放置して廊下に飛び出した。

バタン！　と扉を閉めて周りを見回すと、メイが少し離れた場所で待っているのが見えた。

私に気づいたメイが、心配そうな顔をしながらこちらに走ってくる。

「あっ。リディア様！　イクス卿は？　大丈夫でした……か……」

メイは私の顔を見るなり、少し頬を染めて両手で口元を隠した。嬉しそうな顔を隠しているつもりかもしれないが、バレバレである。

きっと私の顔が真っ赤になっているのを見ての反応だろう。鏡を見なくても、自分の顔が赤いのがわかる。

「イクス卿にお伝えしたのですか？」

「んーー……。『伝えた』けど、『言って』はいない」

「…………なるほど」

メイは一瞬上を見上げて考え込んでいたが、すぐにそう返事をした。

この説明で理解できちゃうんだ!? さすがメイ!

なんだか何があったのか聞きたいような顔をしているけど、ちょっと待って。

私も今はドキドキがおさまらなくて大変なんです……。


イクスを部屋に放置すること数十分——。

空いている部屋で心を落ち着かせていた私に、「今イクス卿が出ていかれましたよ」とメイから報告が入った。

向かった方向から、おそらく訓練場へ行ったとメイは予想している。

私が枕を叩いて暴れるのと同じで、イクスは走ることで発散させてるみたいね……。何かあるたびに走りに行ってる気がするわ。

「リディア様もだいぶ落ち着かれたみたいですね」

「うん……。この紅茶のおかげかも。ありがとう、メイ」

メイの淹れてくれた紅茶はとても甘くて、口に含むたびにふわっと花の香りが漂ってくる。美味しくて温かくて、緊張していた心もリラックスできた。

「それで、ルイード様にはっきりとお伝えするのですか？」

「うん。いくら猶予期間とはいっても、私は一応まだルイード様の婚約者だから。そこをハッキリさせないと、前には進めないわ」

「もうほぼイクス卿には伝えているようなものですけどね……」

「う……。だって、イクスってば変な誤解をしていたんだもの」

「それはリディア様も同じでしたよ？」

「え？」

思いも寄らないメイの言葉に、食べかけていたクッキーが口からポロリと落ちた。

メイはそのクッキーをさっと拾い、何事もなかったかのように話を続ける。

「イクス卿がサラ様のことを好きだと、ずっと誤解されていましたよね？」

メイにそう言われ、私はサラに関するイクスとの会話を思い返してみる。

好きな相手が私だとも知らず、『私とその好きな人、どっちが大事なの？』って聞いたことがある。

『イクスは今でもサラと結婚する気はあるの？』って聞いたこともあるわ。

「本当だわ……私って、最低ね。ずっとイクスにこんな思いさせてたなんて……」

イクスに他に好きな人がいると誤解された時、すごく嫌だった。

でも、自分はずっとそう誤解していたのね……。イクス……ごめん……。

「大丈夫ですよ。きっと今頃は、イクス卿も舞い上がっていてそんなこと忘れていますよ」

「舞い……!?」

舞い上がっているイクスなんて想像できない……けど、もしそうなら嬉しいと思ってしまった。

◆

そんなことがあってから数日――私は窓際に椅子を運び、雨の降る外を眺めながら一人でぼんやりしていた。

あの次の日から、イクスはカイザと一緒にまた王宮騎士団の訓練に参加することになったため、ずっと会えていない。

話をしたいと思っているルイード皇子にも、連絡できていない状態だ。

良い話ならともかく、皇子にとっては悪い話なのにお時間作ってくださいとは言いにくいしなぁ……。またルイード様から来ていただくのを待つしかないのかな……。

まだ昼間だというのに、雨のせいで外は薄暗くどんよりとしている。

静かな部屋にポツポツと聞こえる雨音は嫌いじゃない。目を瞑って窓にあたる雨音を聞いていると、突然扉をノックされた。

「リディア様。ルイード様がお見えになっております」

執事であるアースの言葉に、危うく椅子から転げ落ちそうになった。

背もたれをガシッと掴み、バランスを崩した身体を支えると、「すぐに行きます」と返事をする。

ルイード様が来た!? ちょっと……待って。

待ち望んでいたことだけど、急すぎて心の準備が……！

緊張で少し震えながらも、急いで立ち上がり部屋を出て応接間へ向かった。

広い応接間に入ると、前回と同じように窓際に立っているルイード皇子が視界に入る。

私と目が合うと、いつものようにニッコリと微笑んでくれた。

会うのはピクニックの日——皇子に告白された日以来である。

「リディア……少し空いてしまったが、元気だった？」

「ええ。ルイード様もお元気でしたか？」

「ああ。……本当は何度も来ようと思っていたのだが、どうしても彼には会いたくなくてね。今は王宮騎士団の訓練に参加していると聞いて、やって来たんだ」

ルイード皇子はさっきまでの私と同じように、窓の外を見ている。

……その会いたくない彼って、やっぱりイクスのこと……よね？　なんだか最近さらに険悪な感じになっているような気が……。

イクスが私を好きだってこと、ルイード様は知ってるのかしら？

でも今はそれよりも、私の正直な気持ちを伝えるのが先だわ。すごく言いにくいけど、いつかは言わなきゃいけないんだし！

「あ、あの、ルイード様！　私、ルイード様にお話があるのです。この前の——」

「待った！」

ルイード皇子は右手をバッと上げて、私が話すのを制止する。

かなり慌てたのか、窓際の壁に寄り添っていたはずの皇子の身体は一歩前に乗り出していた。

「ちょ……ちょっと待って。それ、もしかして、返事をしようとしてる？」

「はい……」

「それはもう少し時間をかけて考えてって……」

「はい。ですが、私は……」

「ま、待って！　……ごめん。聞きたくない」

ルイード皇子は左手で自分の目元を隠してしまった。

今皇子がどんな顔をしているのかはわからないけど、その泣きそうな声に胸が締めつけられる。

告白された時にも感じた、小さな違和感。

きっと、ルイード様は私のイクスへの気持ちに気づいてる。だからあの時、あんなにも苦しそうに伝えてきたんだ。

もし自分だったら……。

イクスに断られることを想像するだけで、この世界が真っ暗になってしまうような恐ろしい感覚が走る。とても耐えられそうにない。

でも、自分は今からルイード様にそんなひどいことを言うつもりでいるのだ。

胸が痛い。苦しい。

恋愛なんてよくわかっていない時は、振られる側だけがつらいのだと思ってた。振る側だって……

相手を傷つける側だってこんなにつらいのに。

涙が込み上げてくるのを、必死で我慢する。

……ダメだ……私が先に泣いてはダメ……！

唇をグッと噛みしめていると、片手で顔を覆ったままのルイード皇子が静かに呟いた。

「……やっぱり遅かったかな。いや……最初からもう……」

「……え？」

「ごめん。君の前では強くて頼りになる男でいたかったのに、これじゃ昔の弱い自分のままだ」

ルイード皇子はそう言うと、顔に当てていた手をゆっくりと下げた。窓の外に見える薄暗い空みたいに、皇子の顔も曇っているのがわかる。

「……大丈夫。ちゃんと聞くよ、リディアの気持ち。実は、今日言われるかもしれないと思ってた……」

つらいはずなのに、私に笑顔を向けてくれる皇子の優しさに涙がこらえきれない。

ポロ……ポロ……と少しずつ涙が頬をつたっていく。

「ルイード様はどうして……いつもそんなに優しいのですか……」

「それだけ君が大切だからかな」

「……！」

優しく見つめてくるネイビーの瞳は、いつもの宝石のような輝きはない。

……ごめんなさい。ごめんなさい、ルイード様。

「……わ、私……ルイード様の気持ちに……お応えすることはできません……」

「……うん」

「私、イクスのことが好きなんです……」

「うん。知ってる」

ルイード皇子は優しく微笑んだまま、私の言葉を聞いてくれている。

なぜこの人はこんなにも温かい人なのだろう。

「ご、ごめんなさ……」

「謝らないで」

優しく、だけどキッパリと皇子が私の言葉を止める。ルイード皇子は視線を私から外し、静かに話し出した。

「今リディアにつらい思いをさせているのは、俺だ。君が苦しむとわかっていたのに、自分の気持ちを伝えてしまった。君を諦めないために、どんなこともすると……本気で邪魔してやろうとも考えていた」

「…………」

「……他のヤツらにはできたのに、彼にはできなかった。権力で無理やり奪うのではなく、君自身に選んでもらいたかったんだ……。そんな理由で君を苦しめた。謝るのは俺のほうだ……」

「ルイード様……」

ルイード皇子はまた目元を手で覆い、顔を見えなくしてしまった。手が震えているような気がするけど、なんて言葉をかけたらいいのかわからない。

少しの沈黙のあと、ルイード皇子が口を開いた。

「君に幸せになってほしいと思っているのに、その気持ちは確かにあるのに……ごめん。幸せになれって、心から言ってあげられない……。情けない男でごめん……」

声が震えている。

初めて聞く皇子の悲壮な声に、また涙が溢れてくる。

「情けなくなんか……」

「ごめん。もう、一人にしてほしい」

「……！」

皇子は片手で目元を隠したまま、懇願するようにボソッと呟いた。

「……し、失礼いたします」

そう言ってお辞儀をしたあと、ルイード皇子に背を向けて扉に向かう。部屋から出ていく時にも、皇子がこちらを見ることはなかった。

パタンと静かに扉を閉めると同時に、涙がどんどんと溢れてくる。

ごめんなさい。

ごめんなさい……ルイード様。

涙をぬぐいながら、私は自分の部屋へと戻っていった。

「リディア様、大丈夫ですか……？」

「……あれ？　メイ？　私……」

メイの声で目を覚ますと、私は自分がベッドで寝ていることに気づいた。

部屋は暗く、ベッド脇や入口付近にある小さい照明だけがほのかについている。窓の外も暗いことから、今は夜なのだろう。

なぜか身体が重く、思うように起き上がることができない。暑いような寒いような、変な感覚だ。

「突然高熱を出して倒れてしまったのですよ。覚えていませんか？」

「高熱……」

そういえば、自分の部屋でルイード様が帰ったのを確認したあと、なんだかひどい目眩《めまい》がしたような……。

もしかして、そのまま倒れちゃったの？

「エリック様もカイザ様もとても心配しておりましたよ。つい先ほどまで付き添われていたのですが、お食事を召し上がるようにとアース様に無理やり連れて行かれたところです」

「そ、そうなの……」

「……イクス卿も心配していました。目が覚めたら呼ぶようにと……」

イクスの名前を聞いて、心臓がドクンと大きく反応してしまう。

熱が出ていて寂しいからなのか、色々と心が疲れてしまっているからなのか、無性に会いたい気持ちが溢れてくる。

でも……。

「………今日は目が覚めなかったということにしておいて」

「……わかりました。え……と、起こしたのは、お薬を飲んでほしかったからなんです。起き上がれますか？」

メイに支えてもらってなんとか上半身を起き上がらせると、温かい飲み物を渡された。

どうやら薬が溶かしてあるらしく、異様な香りが漂ってくる。

うっ……すごく苦そう。

覚悟して飲んだものの、想像以上の苦さに吐き出してしまいそうになる。これでは余計に体調が悪くなりそうだ。

頑張って苦い薬を全部飲み干し、私はまた横になった。

メイが冷たいタオルをおでこにのせてくれる。

「リディア様。イクス卿のこと……ルイード様に遠慮されているのですか？　お会いしたいのなら、遠慮すること――」

「いいの。今日は……会いたくないの」

メイが、私を気遣うように言ってくれた言葉を途中で止めた。

本当にメイは私のことをよくわかってくれてる。きっとこの私の答えがウソだってことも、気づいてる……よね。

でも、やっぱり先ほどのルイード様とのことを考えると胸が痛む。

今日一日この痛みを抱えることが、皇子を傷つけた私にできる小さな罪滅ぼしだ。

「わかりました。お薬を飲んですぐにまた眠ってしまったと、皆様に報告しておきますね」

「ありがとう」

メイが部屋から出ていくと、自然と私の目から涙がこぼれた。

ルイード様は今どうしているだろう。私なんかとは比べものにならないほど、つらい思いをしている……よね……。ごめんなさい……。

ルイード様のことで泣くのは今日だけにする。

そう決めて、一人布団の中で涙を流した。


次の日、まだ熱のある私はずっとベッドに横になっておとなしくしている。

朝からエリックとカイザがやってきては、私のことを心配して騒いでいた（主にカイザが）。

「大丈夫なのか⁉　もっとたくさん薬飲んだほうがいいんじゃないのか？　あっ！　肉食べるか？　すぐに料理長に言って、デカくていい肉を――」

「食べられません」

「バカかお前は。これだけ熱があるのに、食べられるわけないだろう。うるさいから出ていけ」

「なんだよ！　肉食ったほうが元気が出るじゃねーか！　熱が出たら肉が一番いいんだ！」

「お前とリディアを一緒にするな。ほら、王宮に行く時間だろ。さっさと行け」

「カイザお兄様がんばってください」

私とエリックに促されて、カイザは渋々部屋から出ていった。王宮騎士団の訓練に参加するため、イクスもカイザと一緒に王宮に行っただろう。

エリックは私の頭を優しく撫でると、遠慮がちに話し始めた。

「体調が悪い時になんだが……昨日ルイード様がいらしていたらしいな。何かあったのか？」

そういえば、エリックにも何も伝えていなかったわ。

私のために色々動いてくれていたのに。

「……ルイード様の気持ちにはお応えできないと、伝えました……」

「……そうか。それは、リディアにとって大事な相手が見つかったということか？」

「はい。あの……私……イ、イクスのことが……」

「……イクスか」

エリックはそう呟くと、目を閉じて何かを考え込んでしまった。眉間にシワが寄っていてどこか不機嫌そうに見える。

「は、反対ですか？」

「いや。お前が決めたのなら、反対はしない。イクスのことは信用しているし不満もない……が……」

「……が……？」

「ただおもしろくないだけだ。……しばらくイクスはこの部屋への立ち入りを禁止にして、お前と会うのも毎日五分だけ。しかも俺かカイザが必ず同席すること……というルールにしたいくらいにな」

「ええ⁉」

エリックは悪巧みをしているような顔で、少し口角を上げながら言った。

でた！　暗黒微笑！　冷徹侯爵！　過保護！

考えてることが顔に出ていたのか、エリックが私の顔を見てフッと笑った。

「安心しろ。半分は冗談だ」

「………………」

半分は本気ということでしょうか。

でもそこは詳しく聞かないことにしよう。うん。

その後エリックも仕事に戻ったので、私も一眠りしようとふかふかの布団に入った。

昨日ほど熱は高くないけど、まだまだ身体はだるい。精神的にも疲れていた私は、ベッドに横になるなりすぐに寝てしまった。

九章

結ばれた二人

episode.09

Akuyakureeijyo ni tensei shitahazuga shujinkou yorimo dekiai sareteru mitaidesu

かすかな話し声が聞こえて目を覚ますと、窓の外が夕焼け空になっているのが見えた。

どうやらかなり長い時間爆睡してしまったみたいだ。

話し声のするほうを見てみると、部屋の入口に立っているメイが廊下にいる誰かと話しているのが見える。

「まだ寝ているんです」

「じゃあ起きたら教えてほしい」

聞こえてきたその声に、ドキッと反応してしまう。

イクスの声だ。

私の心配をして、部屋を訪ねてきたらしい。

寝ているなら――と引き返そうとしているイクスを、メイが呼び止めた。

「待ってください！　あの、私今調理場に取りに行きたいものがありまして、その間だけリディア様に付き添っててもらってもいいですか？」

「え？　でも……」

「よろしくお願いします！」

メイが走り出した音が聞こえてくる。

えええええーーー!?　ちょっと!?　調理場に用って、絶対ウソでしょ！

やだやだどうしよう！　なんか気まずい！　ね……寝たフリしちゃおう！

目を瞑って寝たフリしていると、イクスがゆっくりとこちらに向かって歩いて来る音が聞こえてきた。

ベッド横に置いてある、エリックやメイが座っていた椅子がカタン……と動いた音がする。

あああああ。いる!! 近くにいる!! どうしよう! 起きたほうがいいの!?

でも今さら起きるタイミングがわからないんだけど……!

胸がバクバクしている。目を瞑っているので、イクスが今何をしているのかわからない。

寝顔とか見られてるのかな!? は、恥ずかしい。

そんなことを考えていると、ふわっと優しく髪を撫でられた。大きくて温かい、イクスの手だ。

「!!」

きゃーーーーっ!! 髪触られてる!! 思ってたよりも近くにいた!

ああああ。余計に目を開けられないーー!!

見えてはいないけど、今自分の前にイクスがいるのが気配でわかる。イクスは無言のまま私の髪を撫でてくれている。

ふとその手が止まった……と思うと同時に、イクスの顔が近づいてきているのがわかった。

すぐ目の前にイクスの気配がする。

え!? 何!? 何何何!?

さっきよりもぎゅっと目を閉じて布団を握りしめると、横を向いている私の耳元でイクスが囁いた。

「いつまで寝たフリしてるつもりですか?」

「!?」

少し意地悪そうなその声に、私は思わずパチッと目を開けてしまった。目の前には、ニヤニヤして笑っているイクスがいる。

……気づいていたのね。

「……いつわかったの？」

「え？　一目見た時からわかりましたよ」

……じゃあ髪を撫でてきたのも、わざとか。

「…………」

「すみません。久々に会えて嬉しかったから、つい」

起き上がりながら軽く睨みつけると、イクスが笑顔のまま謝ってきた。

本当に嬉しいと思ってくれているらしく、いつもより楽しそうに見える。

からかわれて恥ずかしいけど、その笑顔だけで簡単に許せてしまうくらいには私も会えて嬉しいみたい。

「……私もイクスに会えて嬉しい」

「……！」

会うまではあんなに緊張していたのに、顔を一目見ると愛しさが上回ってしまう。

イクスの笑顔を見ただけで、素直に言葉が出てくる。

やっぱり私、イクスのことが好きなんだな……。

少し戸惑った様子のイクスにニコッと微笑むと、同じように優しく微笑みながら彼が言った。

「抱きしめてもいいですか……？」

イクスの深い緑の瞳が真っ直ぐに私を見つめている。

私は一瞬何を言われているのか理解できなかった。

抱きしめ……？　抱キシメテイイデスカ……？

あれ……？　なんだかこんなやり取りを前にもイクスとした気がする……。

あれは確か――私がリディアに転生した日。その日の夜にイクスが聞いてきたんだわ。

「抱きしめなくてよろしいのですか？」って。

あの頃は、イクスはリディアに逆セクハラされてて、イヤイヤの状態で……。申し訳なくて、断ったのよね。

でも今は、その頃とは状況が変わってて……。

イクスは私のことを好きだと言ってくれてて、私もイクスが好きで……？

だから抱きしめられるのにも問題はない……？　んん？

頭の中がぐるぐるしている。病み上がりだから、うまく頭が働いていないらしい。

「……ダメですか……？」

「えっ……ダ、ダメじゃない！」

私がなかなか返事をしないので、不安になったのかもしれない。落ち込んでいるような声で確認されて、思わずOKを出してしまった。

ホッとしたように微笑むイクスを見て、心臓が大きく跳ねる。

そんな顔で笑うなんてずるい。ダメなんて言えるはずないじゃない。

……言うつもりないけど。

イクスは椅子からゆっくり立ち上がると、私のベッドに移動してきた。私が座っているすぐそばに腰をおろし、腕を背中に回され優しく抱き寄せられる。

背中に感じるイクスの手の温もりがくすぐったい。

自分の顔をイクスの肩に押しつけると、今まで知らなかった彼の匂いが一気に充満してクラクラしてくる。

ドッドッドッと激しく聞こえてくる心音は、どっちの音なんだろう……。

ふと、身体の部分はそんなに密着していないことに気づいた。

二人の間には、私がかけていた毛布が挟まっている。どうやら毛布ごと抱きしめられてしまったらしい。

私もイクスの背中に腕を回したいのに、毛布と一緒に私の腕も包まれてしまっているのでできない。

せっかくイクスに抱きしめてもらっているのに……間にある毛布が邪魔に感じる。

「イクス……毛布、取りたい……」

「……いえ。今のリディア様は薄着なので、これがないと俺が困ります」

「……！」

素直に思っていることを伝えてみたのだけど、イクスからの正直すぎる答えに何も言えなくなってしまった。

そういえば私、寝巻き姿だった……！

しかもここはベッドの上だし、確かにこのままのほうがいいかも！

「……体調はどうですか？」

「……もう大丈夫」

「いきなり高熱を出されたので、心配しましたよ」

「ごめん……。心配してくれてありがとう」

抱きしめられたまま話しているなんて、なんだかくすぐったくて変な感じだ。

緊張しすぎて落ち着かないと思っていたけど、不思議と安心感に包まれていて全然苦じゃない。

「体調……大丈夫って嘘ですよね？　これ、絶対熱あると思うんですけど。……熱いです」

「本当にないよ。身体が熱いのは……イクスにくっついてるからドキドキして上がっちゃっただけだと思う」

「…………っ」

突然ぎゅっと抱きしめる力が強くなった。

なぜかイクスが少し震えている気がする。

「イクス……？」

「……ほんと……この状態でそういう可愛いこと言うのやめてください……」

「？」

どうやらイクスは照れているようで、その声には少し焦りが混じっている。男らしく積極的かと思えば、些細なことで照れたり……イクスって不思議だ。

でも……かわいい。好き……。

背中に回せない手で、イクスの胸元の服をぎゅっと掴む。

「……イクス、好き……」

「…………え？」

「…………」

「…………」

しばらく無言になったと思ったら、突然イクスが身体を離して私の顔をマジマジと見てきた。両手は私の肩――というより腕をがっしりと掴んでいる。

放心状態らしく、イクスの顔は赤くなってもいないし照れた様子もない。

「も、もう一度言ってください……」

「……イクスが好き」

まるで聞こえていなかったかのようにお願いしてきたので、仕方なくもう一度言ってみる。

「……もう一度」

「……好き……」

「もう一度……」

「……何回言わせるの？」

何度も繰り返し聞いてくるので、さすがに限界だ。

絶対に熱が上がった気がする。身体中がカッカしていてすごく熱い。

イクスは私の腕を掴んでいた手をそのまま背中にすべらせて、さっきよりも密着させるように抱きしめてきた。

顔も身体も包まれるように抱きしめられていた時とは違う。

私の頬とイクスの頬が触れ合っている。

イクスの唇が私の首筋に当たっている……気がする。

鼓動が速すぎて息が苦しい。

身体が硬直してしまって、どうしていいのか何を言えばいいのかわからない。

「……………くて……そう」

「え?」

イクスが何やらボソッと喋ったが、小さすぎて聞こえなかった。

何? なんて言ったの?

「……嬉しすぎて死にそう。なんだこれ……」

「…………」

嬉しすぎて死にそう……?

え? 今のイクスのセリフ?

……え? か、可愛すぎるんですけど……。

私の背中にまわされた腕が、だんだんと緩くなっていく。密着していた身体が少しずつ離れて、自然とお互いが見つめ合った。

赤く染まっているイクスの頬が、可愛いのにどこか色っぽくて胸を軽く締めつけてくる。

コツン……と、イクスがおでことおでこをくっつけてきた。

あまりの近さに、肩に力が入ってしまう。

「ごめん……。もう一度だけ……言ってほしい」

めずらしく甘えてくるイクスに、愛しさが込み上げてきて苦しすぎる。

なんなのもう！！！　可愛すぎるんですけど！　もう無理！

「イクスが好き……大好き」

「俺も……」

好き——という言葉が続くと思っていたら、そこで途切れてしまった。

くっついていたおでこからイクスの顔が動いたのを感じた瞬間、唇が重ねられる。

一瞬のことで、目を瞑ってもいない。唇はすぐに離され、至近距離で優しい瞳に見つめられる。

「……好きです」

「……っ」

何度も言われているのに、胸をぎゅーっと締めつけられる感覚はなくならない。

一体いつになったら慣れるんだろう……。

イクスに好きだと言われるたびに、胸がときめきすぎて苦しい。やばい。

何度も言ってほしいけど、心臓が持たないからあまり不意打ちはやめてほしい……。

イクスの手が私の頭を撫でている。

その手が耳のあたりで止まり、そっと親指で頬に触れられた。

「キスしてもいいですか？」

「……それ、今さらってやつ……」

さっき勝手にしたくせに、なぜ今度は聞いてくる？

イクスと見つめ合いながら、お互いふふっと笑ってしまった。その笑顔を見るだけで、心が満たされていく。

今度はちゃんと目を閉じて彼の優しいキスを受け入れた。

コンコンコン
「……メイです。失礼します」

声が聞こえてから、ワンテンポ遅れて扉が開く音がした。メイが色々気を使ってくれているのがよくわかる。

「イクス卿……リディア様は……」

「ずっと寝てる」

「そう……ですか」

メイが少しガッカリしているのが、声でわかる。

私はベッドに横になり、先ほどと同じく寝たフリをしているので、メイが今どんな顔をしているのかは見られない。

せっかく気を利かせてくれたメイには申し訳ないけど、今は恥ずかしくて何も話せそうにない。

布団に顔をうずめて、赤くなっているのを気づかれないようにしている。

ごめん。メイ。もう少し……私の気持ちが落ち着くまで待って。

とりあえずずっと寝ていたことにしてほしいと、イクスにお願いしていた。演技力に不安はあったけど、なんとか信じてもらえたようだ。

カタン……とイクスが椅子から立ち上がる音がする。メイが戻ってきたので、部屋から出ていくのだろう。

行かないでほしい……。

さっきまでずっとくっついていたのに、もう寂しくなってしまう。

くっついていたからこそ、余計に……なのかな。

イクスは歩き出す前に、一瞬だけ私の手に触れていった。部屋はすでに薄暗くなっているので、メイには気づかれていない。

ほんの少し触られただけなのに、その感触がずっと残っている。

幸せな気持ちに満たされながら、寝たフリを続けた。


やっとイクスに気持ちを伝えることができた。初めての両想いに、幸せな気持ちでいっぱいだ。

これからはフリじゃない本当の恋人として、イクスと……。

そんな幸せな毎日が始まると思っていたのに、現実はなかなか難しい。なぜなら、恥ずかしくてイクスの顔が見られない問題に直面してしまったのだ。

え……なんで……？

こんな状態になるのは、片想い限定じゃないの？

両思いになったら、もう普通に手をつないだり抱きついたりできるようになるんだと思ってた。もうキスまでしてるのに、顔も見られないなんて。

頭ではもっと恋人らしく色々したい……という期待があるのに、実際に行動に移せない。

私が恋愛慣れしてないから？　ここにきて、恋愛初心者の壁が……！

ああ……今この時ほど、少女漫画を欲したことはないわ。どうすればいいのかさっぱりわからない！

そんな不自然な私に真っ先に気づいたメイが、見兼ねてこんな提案をしてくれた。

「一緒に甘いものでも食べてみるのはどうですか？　リディア様もリラックスできるでしょうし、デートしてる気分になりますよ」

「おお……。それはいいかも。私も甘いものがあれば、緊張がなくなる気がする！」

「じゃあ早速準備をしましょう！」

メイが美味しそうなケーキや紅茶を用意してくれる。

いつ来るのかわからないので、それまで紅茶を飲んで待っていよう――と思ったタイミングで、イクスがやって来た。

さすがイケメンヒーローはタイミングもばっちりなのね！

部屋に入ってきたイクスと、パチッと目が合う。

心臓が飛び出すかと思うほど大きくドクンと跳ねて、体温が一気に上昇する。

ああーーやっぱりダメ!!　恥ずかしい!!

実際にその姿を見ると緊張してしまう。すぐに顔をそらして、私はケーキを凝視した。

ダメダメ!!　今日はデート気分で楽しむんだから!!

心の中でそんな葛藤をしていると、イクスが話しかけてきた。

「それ、リディア様がお一人で召し上がるんですか？」

「え？」

丸いテーブルの上にはケーキやクッキー、チョコレートなどのお菓子がたくさん並んでいる。

私やメイにしたら、イクスとのお茶会用に用意した量だけど、何も知らないイクスにしたら私のためだけに用意されたと思われても仕方ない。

「そ、そんなわけないでしょ。これは、その……イクスの分もあるのよ」

「俺の分？」

「あっ。ちゃんと甘さ控えめにしてもらってるから安心して」

「それはいいですが……なぜ……」

「仮想イクス卿とリディア様のデート！　です！」

イクスの態度に痺れを切らしたメイが、もどかしさを吹き飛ばすように声を張り上げた。

私とイクスの顔がボッと赤くなる。

「デート!?」

「ちょ、ちょっと、メイ!」

メイは慌てている私達を一瞥すると、「では私はこれで」とお辞儀をして部屋から出ていってしまった。

赤い顔のまま取り残される私達――。

もう！　メイってば。あんなにはっきりとデートなんて言われたら、余計に意識しちゃうじゃない！

「……俺は、ここに座ってもいいんですか？」

「え!? あ、ああ、はい。ど、どうぞ」

いつもは壁際に立っているイクスが、私の目の前に座る。

自分の部屋とはいえ、見慣れない光景に本当にカフェデートをしているような気がしてしまう。

「…………」

「…………」

でも何を話せばいいのかわかんないよー。気まずい！　なんで両想いになってからのほうが、うまく話せなくなっちゃうの!?

困ったままうつむいていると、イクスがボソッと呟いた。

「……ところで、デートって何をするんですか？」

「えっ？　デ、デート……は、そのーー」

待って。私、今までデートなんてしたことない。デートって何するの？　デートって何⁉

「向かい合って、一緒にケーキを食べる……こと？」

「……それって誰とでもしませんか？」

たしかに‼　え。じゃあ何をすればデートになるの⁉

ダメ。わかんない！　でも、こんな時こそ長年読み漁っていた少女漫画を思い出すのよ！　カフェデートって、みんな何してた⁉

「ふっ……くくっ……」

「……イクス？」

ずっと真面目な顔をしていたイクスが、なぜか突然笑い出したんですけど⁉　え。何？

まるで大笑いしたいのをこらえるように、イクスは声を押し殺して肩をプルプルと震わせている。

「どうしたの？」

「す……っみませ……っ。しんけ……悩ん……リディ……かわっ……」

「？」

笑いをこらえながら話しているため、何を言っているのか聞き取れない。

仕方ないので待っていると、やっと落ち着いたらしいイクスがふぅ……と一息ついて私を見た。

「すみませんでした」

「いいけど……なんで笑ってたの？」

「真剣に悩んでいるリディア様が可愛くて。つい我慢できずに笑ってしまいました」

「な……!?」

かかか可愛い!?　今、この人私のこと可愛いって言った!?

今までも可愛いとか綺麗とか何度か言われた気もするけど、こんな自然に普通の会話で言うタイプじゃなかったよね!?

「真っ赤ですよ」

「!!」

そう言うなり、イクスは私から顔をそらしてまた肩を震わせている。

ううっ。悔しいっ。なんか完全に遊ばれてる気がするわ！　私も仕返ししたい！

「……そういうイクスだって、笑ってる顔はかわいいわよね」

「!?　かわ……!?　だ、誰が……」

「イクスが」

私と同じように顔が赤くなるところが見たかったのに、イクスの顔色はむしろ青くなっている。まさか自分がかわいいと言われるとは思ってもみなかったような顔だ。

ちょっとショックを受けた様子がおもしろい。

「……俺よりもリディア様のほうが可愛いですが」

「いいえ。イクスのほうがかわいいわ」

「リディア様です！」

「イクスよ！」

「…………」

「…………」

……ちょっと待って。なんで私達、お互いのこと可愛いって言い争ってるわけ？

これってただのバカップルってやつなんじゃ……。

自分達の状況を冷静に見て、一気に恥ずかしくなる。

それはイクスも同じらしい。少し頬の赤くなったイクスが、気まずそうに言った。

「これって、デートしてるってことになりそうですね」

「そ、そうね……」

照れたようにお互いがうつむいた時、廊下のほうからザワザワした声が聞こえてきた。

メイの声と、男性の声だ。その声がだんだん大きくなってるので、声の主がこの部屋に近づいてきているのだとわかる。

というかこの声って――。

「お約束もないのに困ります」

「大丈夫！　大丈夫！」

「せめてあちらのお部屋でお待ちください」

「今すぐに会いたいんだよ」

部屋に近づくにつれて、何を話しているのかまで聞こえるようになってきた。

最悪だ。

イクスがスタスタと扉に向かって歩き出し、ガチャ！　と強めに扉を開けて廊下に出た。出たといっても右足だけを廊下に出して、身体はほぼこの部屋の中に残している状態である。

「何か御用ですか？　サイロン様」

イクスの低く冷めたような声が聞こえる。

やっぱりサイロンかーーーー!!

男にはクズ、女にはキザ、小説の中ではリディアの婚約者だったサイロン。

ルイード皇子が戻り、他の貴族男性が来なくなったと同時にサイロンも現れなくなっていた。

……はずなのに、いきなり来たと思ったらまたアポなし訪問か！

「なんだ、またお前か！　そこ、リディア様の部屋なのか？　なんでお前がその部屋に入っているんだ！」

「はい？　リディア様の護衛騎士なのだから当然でしょう。この部屋には〝毎日〟入っていますが何か？」

「なんだと！」

イクスとサイロンが言い争っているのが聞こえてくる。

毎日……という部分をやけに強調していた気がするのは気のせいかしら。

「今すぐに出ろ!!　俺が部屋に入るから、出て行け！」

「何をおっしゃっているのかわかりませんね。護衛騎士として、あなたをこの部屋に入れるわけにはいきません」

「俺はダーグリヴィア侯爵家の者だぞ！　護衛騎士など必要ない！　由緒ある家系なのだから心配もいらないだろう。どけ！」

「家系には問題ありませんが、ご本人に問題があるため無理です」

「何⁉　お前……誰に向かって……」

あのサイロンがイクスやメイに促されて言うこと聞くわけないよね。このままじゃ埒があかないわ！

私は静かに立ち上がり、イクスの後ろをすり抜けて廊下に出た。

サイロンと顔を合わせると、彼は今まで叫んでいた男と同一人物だとは思えないほどに紳士のような態度に切り替わった。

「おお……俺の女神、リディア様」

誰がお前の女神じゃい。

「どれだけ時が経とうとも、あなたの美しさは変わることなく輝き続け――」

「お久しぶりですね。サイロン様」

長くなりそうなサイロンの挨拶を笑顔でぶった斬る。

話を中断されたというのに、サイロンには全く不快そうな様子はない。シルバーの瞳をキラキラと輝かせながら私を見つめている。

「こちらへどうぞ」

そう言って私の部屋から一番近い場所にある応接室へ案内すると、サイロンは文句も言わずに笑顔でついてきた。

私と二人きりになりたいと言うサイロンを無視してイクスとメイと四人で応接室の中に入ってから、私はサイロンに向かって言った。

「サイロン様。何度も申し上げておりますが、突然の訪問は困ります」

「すまない、愛しの我がレディよ。会えることになった嬉しさから、ついそのまま家を飛び出してきてしまったのだよ」

「会えることになった……？」

「それが俺にもよくわからないのだが、ある日突然リディア様へ会うことを禁止されてしまったのだ。君に会えない日々はまるで地獄のようだったよ。理由を聞いても父は何も答えてくれないし、俺達二人に訪れた試練なのだと耐えるしかなかった。ところが、今朝になって急に禁止令が解かれたのでやってきたんだ。やはり俺達には引き裂けない絆が――」

サイロンはまるで悲劇のヒーローを演じているかのように話した。

顔は悲しみに酔いしれているし、左手は自分の胸に、右手は私に向かって伸ばしていて、ここは舞台の上か？　と錯覚させられるほどだ。

この人一応顔はイケメンだし、舞台俳優とかになれそうだわ。それよりも……私に会うのが禁止されていたというのは、例の権力ってやつかしら。

ルイード様……よね。

それが解除されたということは、皇子も正式な婚約解消に向けて動き出したのかな。

皇子のことを考えると、また少し胸が痛んだ。

「――なのでこれはもう運命としか言えないと思う。眩しすぎる俺の光よ。これからはずっとそばにいてほしい」

気づけばサイロンが私の目の前で片膝をつき、私の手を握っていた。

はっ！　しまった！　サイロンの話はすぐに耳を素通りしてしまうから、全然聞いてなかったわ！

てゆーかいつの間に手を!!　離せバカ!!

掴まれている手を引こうとしたけれど、ガッチリ握られていてビクともしない。

ぎゃーーーーっ!!　離してくれないんですけど！　こわい!!　やだ!!

同じくサイロンの話に放心していたらしいイクスが、慌てて私の手を引いてくれた。

「やめてください」

「お前は……本当にいつもいつも邪魔をして……。もしかして、まだリディア様と恋人同士だと嘘をつく気か？」

「嘘ではありません」

「お前が選ばれるはずがないだろう。お前が俺に勝っている部分なんて一つもないんだからな」

サイロンはイクスが来るとすぐに立ち上がり、腕を組んで偉そうな態度で話し出した。イクスのことを見下しているのがよくわかる。

イクスがサイロンに勝っている部分がないですって？　サイロンの勘違いもここまでくると相当ね。

私はサイロンと睨み合っているイクスの身体にピトッと抱きついた。

サイロンは目を丸くして私を凝視し、イクスは静かに硬直したのがわかった。

「お言葉ですがサイロン様。私にとって彼以上の男性はおりません」

「！」

「なっ……何を言って……背は俺のほうが高いんですよ？」

「そうですね。でも、イクスも十分高いですし。高ければ高いほどいいものではないですから」

「い、家柄だって俺のほうがいいですよ」

「そうですね。ですが、私は家柄よりも人柄のほうが大事ですから」

サイロンの後ろ――壁際にひっそりと立っているメイが、顔を下に向けて震え出したのが目に入った。

あれは絶対に笑いをこらえているに違いない。

「か……顔だって俺のほうが格好いいではないですか！」

「そうですか？　好みの問題かもしれませんが、私はイクスのほうがカッコいいと思いますよ」

「そっ……そんな……」

サイロンはわざとらしいくらい大袈裟に、膝から崩れ落ちた。彼のプライドをかなり傷つけてしまったらしい。

でも全部本音なんだから仕方ないわよね。

……と思っていたら、なぜかイクスまでもが膝から崩れ落ちて床に手をついている。

えええ⁉　イクスまで⁉　なんで⁉

ショックで頭が真っ白になっているサイロンと、床に四つん這いになりながら震えているイクス。

なんだこの光景。なんだこのイケメンの地獄絵図。

というかどうしたイクス！

「今幸せを噛みしめていると思うので、放っておいてあげてください」

いつの間にか私の後ろに来ていたメイが、私の肩をポン……と優しく叩きながらそう言った。

頭真っ白、放心状態のサイロンを馬車に乗せて帰らせたあと、私はイクスとさっきのように向かい合って座っている。

冷めてしまった紅茶は、メイが淹れ直してくれた。

「もう落ち着いた？」

「……はい」

そう答えているくせに、イクスはまだどこか気まずそうに視線を彷徨《さまよ》わせている。

私はというと、さっきまでのイクスに対する恥ずかしさや気まずさはどこへやらって感じだ。サイロンに会って冷静になったおかげか、今はだいぶ余裕を持った状態でイクスと話していられる。

「イクスまで膝をついた時には驚いたわ」

「……驚いたのはこっちなんですけど」

頬がまだ少し赤くなっているイクスが、どこか困ったような目で見てくる。

何よその目は……。私、何か変なこと言った？

先ほどのサイロンとの会話を思い返してみる。やけに自信満々だったサイロンの主張にイラッとして、全て否定したような記憶しかない。

「何に驚いたの？」

私の質問に、イクスが視線を横に向けた。

「だから、その……人柄がどうとか、カ……カ、カッコいぃ……って……」

え？　なんて？

最初から聞こえにくかった声がどんどん小さくなるものだから、最後のほうは何を言っているのか全然聞き取れなかった。

「ごめん、イクス。もう一度言ってくれる？」

「……なんでもないです」

下を向いたまま、イクスは諦めたようにボソッと呟く。

その様子がなぜか可愛く見えて、無性に胸がキュンとしてしまった。

赤い顔でうつむいてる姿が可愛いとか……人を好きになると、よくわからないことで胸がときめいちゃうのね。

チラッと、部屋の中を見回す。

今この部屋の中には私とイクスしかいない。二人きりだ。

実は、エリックから私達をあまり二人きりにしないようにと、メイド達に指示が出されているらしい。

メイからこっそり教えてもらった時には驚いたけど、『半分は冗談だ』と言っていたエリックを思い出してすぐに納得してしまった。

まったく……過保護なんだから！

そのせいで、エリックやカイザが家にいる日はなかなか二人になれなかった。兄達がいない今の間だけ、メイが気を利かせて内緒で二人きりにしてくれているのだ。

……せっかく二人きりなんだし、もっと近くにいたいなぁ……なんて。

今はテーブルを挟んで目の前に座っているけど、できることなら隣に座ってほしい。

「あの、イクス……。あ、あっちのソファに移動しない？」

「え？」

私が指したのは、三人が座れるくらいの長ソファだ。

イクスの返事を聞く前に立ち上がり、私は先にそのソファに座った。イクスが続いてこちらに歩いてくる。

ここなら、隣に座れるし身体も少し密着できる……手もつなげちゃうかも……！　ああっ、ドキドキしてきた………って、えええ!?　なんでそんな離れて座ってるの!?

イクスは、私から少し離れたソファの端っこに座っている。私とイクスの間には、人が一人座れそうなくらい空いている。

そんな離れてたら意味ないじゃん！

「あの……イクス。なんでそんなに離れたところに座ってるの？」

「……このくらい離れていないと、また暴走するかもしれないので」

ぼ、暴走？

「暴走って何？　またってことは、前にもしたってこと？」

「この前……リディア様に気持ちを打ち明けてもらった時……俺、嬉し過ぎて、そのまま……その……」

んん？　イクスは何を言っているの？

全く話についていけない私だけど、イクスの顔は少し青ざめていて真剣に何かと葛藤しているように見える。

これは正直に『意味わかんない』って言っていいのかしら？

「あの時は承諾をもらえた気でいたけど、後々考えたら早すぎるって反省して……」

「ちょ、ちょっと待って！　ごめん。話が全然見えないんだけど」

「だから、その……手を出すのが早くてすみませんでした！」

「へ⁉」

イクスは勢いよくそう叫ぶなり、ペコッと頭を下げた。

手を出すのが早くてすみません……って、ええ⁉　それって、この前のキスのこと⁉

えっ？　な、なんでいきなり謝られてるわけ⁉

「なんでそんな……別に気にし――」

ハッ！　待って。別に気にしてないって答えるのもどうなの!?

なんだか軽い女みたいになっちゃう!?　でも、このまま黙ってたらキスされたのが嫌だったかのように思われちゃうよね？　それも困る！

「え、と……なんで謝るの？　私、特に何も言ってないのに」

「……あの日から、リディア様ずっと俺のこと避けてましたよね？　目も合わせてくれないし。思い当たるのがそれしかなくて……」

私が原因か!!

ただ照れくさくて避けてただけなのに、そんな誤解をさせちゃってたのね。

シュンと落ち込んだ様子のイクスを見て、ズキッと胸が痛む。

もしこれが逆の立場だったら、私も相当傷ついてたはずだわ！

「ごめんなさい。イクス。私のせいだったのね」

「いえ。俺がリディア様の気持ちも考えずに暴走したせいで――」

「違うの！　その件が嫌だったとか、そういうんじゃなくて……その……ただ恥ずかしかっただけなの！」

「…………え？」

私の言葉を聞いて、暗かったイクスの顔がキョトンと放心状態になる。

「……恥ずかしかっただけ？」

「目が合ってもすごい勢いでそらして、近づいたら小走りで逃げて、まともに会話もしてくれなかったのは……恥ずかしかっただけ、ですか？」

「う、うん」

「……うん」

なんか言葉にされると結構ひどいことしてたわね、私……。

イクスに申し訳なくて、頭と肩がどんどん低く小さくなる。頭を下げているのでイクスの顔は見えない。

チラリ……と視線を向けると同時に、特大のため息が吐かれた。

「はあーーーーーあっ」

⁉

驚いて顔を上げると、イクスが自分の膝に手をのせて身体を前のめりにしていた。まるで私に向けて座ったまま土下座をしているような体勢だ。

「イクス？」

「よかった……。俺、てっきり嫌われたのかと……」

「えっ⁉　な、なんでそこまで？　この前好きって伝えたばかりなのに」

心底安心している様子のイクスにそう言うと、ジロッと恨みがましい目で見つめられる。

「それでも自信がないんですよ。いつ心変わりされるかと、嬉しい反面不安もあるんです」

「ええ……⁉」

心変わりなんてするわけないのに……と呆れつつも、そんな不安を打ち明けてくれたイクスがかわいく思えてしまう。

いつもクールで自分に自信を持っていそうなイクスの、意外な一面。

でも、それだけ私のことを想ってくれてるんだと思うと正直嬉しくてたまらない。

ううう。やっぱり好き！

不安にさせてたことに対して謝るのは簡単だけど、今は謝るよりももっと安心させてあげたい。私がどれだけイクスのことが好きなのか、ちゃんとわかってほしい。

「……私が隣に座ってって呼んだのは、イクスにもっとくっつきたかったからだよ」

「え？」

「身体をくっつけたり、手をつないだりしたいなぁって思ったから」

「…………」

「メイにケーキとか用意してもらったのはイクスと照れずに話したかったからだし、さっきサイロン様に言ったことも全部本音だし、それに……」

「も、もういいです！」

イクスは右手を前に突き出して、慌てて私の言葉を止めた。左手は自分の顔を覆って隠しているようだけど、赤くなった肌が指の隙間から見えている。

……照れてる？

私の中のイタズラ心が疼いてしまう。

「ううん。聞いて？　私がイクスを嫌いになることなんてないわ。だって、お兄様よりも誰よりもイクスが一番大事な存在で、本当に大好きだから……」

「わわわかりましたから！　もう……大丈夫です」

「ふふふっ」

焦っているイクスがかわいくて、我慢できずに笑ってしまった。またまたジロリと軽く睨まれる。

「……俺で遊んでますか？」

「遊んでないわ。全部本当のことだし」

「そ、そうですか」

イクスは今にも我慢の限界がきて部屋から出ていってしまいそうだ。それを阻止するために、イクスの手に自分の手を重ねる。

ビクッと手を震わせたイクスが、深い緑色の瞳で私を見た。

せっかく二人きりなんだから、もう少し近くにいたい……！

「あの……くっついてもいい？」

「…………」

勇気を出して甘えてみたのに、イクスは無反応だ。無反応というよりは、驚きすぎて思考停止しているような……。

なんか、この反応は少し前にも見た気がするわね。

「嫌かな？」

「……嫌なわけ……ないだろ……っ」

イクスは絞り出すように小さく声を出すと、ゆっくりと私の背中に腕を回した。そのまま優しく抱きしめられて、私はイクスの胸に顔を寄せる。

ドキドキドキと鼓動は速くなっているのに、心は不思議と落ち着いている。

どうしよう……すごく幸せ。

「こんなところをエリックお兄様に見られたら、もうしばらくは会わせてもらえないかもね」

「……恐ろしいことを言うのはやめてください」

「カイザお兄様なら、私の恋を応援するって言ってくれたし大丈夫かも」

「大丈夫なわけないじゃないですか。俺、この窓から放り投げられますよ」

「そんな、まさか……」

クスクスと笑いながら話していると、開いた窓から馬車の音が聞こえてきた。エリックかカイザ、どちらかが帰ってきたのだ。

あ。帰ってきちゃったみたい。きっとメイもすぐに戻ってくるだろうし、二人きりの時間もおしまいね。

「なんだかあっという間だったわね」

「…………」

そう言いながらくっついた身体を離すと、窓をチラッと見たイクスが急に意味深な笑みを浮かべた。

ん？　なんで笑顔？

そう不思議に思った瞬間、不意にキスされた。

「!?」

え!?　ななな何!?

「ちょ、な、なんで……」

「ダメでしたか？」

「ダメじゃないけど、もうメイが戻って……」

「まだもう少し平気ですよ」

イクスを引き離そうと胸元を押し返しているのに、びくともしない。背中に回した手に力を込めているのか、全然離れることができない。

どこか意地悪そうにニヤッと笑っているイクスの顔が、ゆっくりと近づいてくる。

ちょっと!?　さっきまでシュンとしてた人と別人すぎなんですけど!?

「さ、さっきは暴走したのを反省してたのに……!!」

「ええ。でも、俺のことを嫌いになることはないって言ってくれましたよね？」

「い、言ったけど……」

さっきまで落ち着いていたはずなのに、今は私のほうが焦ってしまっている。形勢逆転したのが嬉しいのか、イクスはさらにニヤッと悪い笑みを浮かべて近づいてくる。

いや!!　たしかにイチャイチャしたいって思ってたけど、不意打ちはずるい!!

こ……心がついていけない……!

もう一度唇が触れそうになった時、扉の外からバタバタと走る足音が聞こえてきた。

バタン！

「リディア様！　エリック様がお帰りになりました…………あ」

メイが入口でピタリと動きを止める。私達が二人でいることがエリックに知られないようにと、慌てて戻ってきてくれたのだろう。

扉が開く寸前でイクスは立ち上がってたから、なんとか変な場面は見られずに済んだけど――このメイの反応を見る限り、何かバレている気がする。

あ、危なかった！　イクスの反射神経、すごいわね！

「うん。そうみたいね……あはは」

「……俺、訓練場に行ってきます」

「あ、はい。い、いってらっしゃい」

イクスが足早に部屋から出ていく。どこかぎこちない私達の様子を見て、メイが何かを確信したように朗らかに微笑んだ。

絶対何か感づいてる！　うう……恥ずかしい。

イクスがいなくなってなんとか落ち着きを取り戻すものの、その後も何度も先ほどの場面を思い出しては悶えてしまうのだった。

そしてその日の夜、陛下から呼び出されたことをエリックから報告された。

数日後、私は王宮に来ていた。

前回と同じ部屋に案内されると、そこにはにこやかな顔をした陛下が私を待ってくれていた。

まるでデジャヴね……。

数ヶ月前と全く同じ状況に、少しだけ戸惑う。

挨拶を交わし前回と同じ椅子に腰かけると、陛下が口を開いた。

「まだ約束まで日にちはあるがな……。ルイードからも報告を受けているので、少し早いが呼び出させてもらった」

「はい」

「ルイードとの婚約だが、今も婚約解消を望んでいるのか？」

「……はい」

「そうか……。私は君とルイードが結婚するのを楽しみにしていたんだがな。残念だ……」

「申し訳ございません。陛下」

陛下はふう……とため息をついて、椅子に深くもたれた。

ショックを受けているのが伝わってきて、申し訳ない気持ちになる。

「前も聞いたが、好いている相手ができたのか？」

「……はい」

「それは、この国の皇子よりも魅力的で大事な相手なのか？」

「……はい」

「そうか……」

はあーーーとさらに大きいため息をついたかと思うと、陛下はまたにこやかに微笑んだ。その優しい顔は、やはりどこかルイード皇子に似ている。

「よし。わかった。君とルイードの婚約を、正式に解消するとしよう。約束は守らないといけないからな」

「陛下……」

私は椅子から立ち上がり、陛下に向かってペコリとお辞儀をした。

「ありがとうございます」

残念そうな顔で微笑む陛下にお礼を伝え、部屋を出る。

スッキリしたような、どこか寂しいような、複雑な気持ちで長く豪華な王宮の廊下を一人で歩く。

中庭の見える通路に差しかかった時、中庭を挟む反対側の通路にルイード皇子が立っているのが見えた。

大きな柱に寄りかかり、こちらに視線を向けている。

ハッとして思わずその場に立ち止まる。

姿はハッキリと見えるけど、話をするには結構大きな声を出さないと聞こえない距離だ。

もしかして、私を待ってた……？

どうしよう……。声をかけてもいいのかな。でも、大きな声で叫ぶように話しかけるのもおかしいし……。

迷っている私に向かって、皇子はにっこりと微笑んだ。

声をかけることもなく、手を振ることもなく、ただ以前のように優しく爽やかな笑顔で……。

最後は顔を合わせないままだった私達。

そんな私の中の苦い思い出をなくすように……笑顔での別れにするために、会いに来てくれたの……？

ルイード皇子の変わらない優しさに、胸が温かくなる。

私が皇子に向かってお辞儀をすると、皇子は何も言わずにその場を去っていった。

「陛下との話は無事に終わったのか？」

馬車に戻るなり、中で待っていたエリックが尋ねてきた。

一人で大丈夫だと伝えたにもかかわらず、エリックにカイザ、そしてイクスまでもがついて来ていたのだ。

目立たないよう馬車の中で待っていてもらったのだけど、このイケメン三人がずっとおとなしくここに座っていたのかと想像すると笑ってしまいそうになる。

エリックとカイザが並んで座っているため、私はイクスの隣に座った。

「はい。正式にルイード様との婚約を解消してくださると言ってくれました」

「そうか」

隣に座るイクスから、安心したような小さなため息が出たのがわかった。

目の前にいるカイザは堂々と喜んでくれている。

「よかったな！　何かゴタゴタしそうなら、すぐに出ていく準備はできていたんだけどな」

ははははっと大声で笑っているカイザを見て、無事に話し合いが済んでよかったと心から思った。

みんな喜んでくれている。

馬車の中だけど、せっかくこの四人でいるのだから改めて報告しておきたい。

私は隣に座るイクスの手をぎゅっと握った。イクスが一瞬ビクッと反応したのが伝わってくる。

私は前に座る兄達に視線を向けて、姿勢を正した。

「エリックお兄様、カイザお兄様。私はイクスのことが好きです。これからも、彼と一緒にいたいと思っております」

カイザが目を丸くして私を見つめたあと、イクスに向き直る。

「……イクスはどうなんだ？」

「もちろん俺もです！　俺も……リディア様のことをずっとお慕いしておりました」

「それは知っている」

突然エリックが割り込んできた。その低く冷たい声に、イクスだけでなく私もギョッとしてエリックを見る。

うわ！　目が据わってる!!　こわ!!

睨まれただけで石になってしまいそうなくらい怖いわ!!

「お前はリディアを幸せにできるのか？」

「……はい！　絶対に幸せにしてみせます！」

エリックの恐ろしいオーラにも負けずに、イクスが答える。その様子を見て、エリックとカイザがにやっと笑った。

あ……笑顔になった。お許しが出たかな？

「まぁお前なら信用しているから、反対をするつもりはないがな」

「エリック様……」

「あ。だが、今後はリディアの部屋に入るのは完全に禁止にする」

「え……？」

「そうだな！　俺もイクスなら賛成だぞ！　だけど絶対に二人きりになるなよ！」

「え、えぇ……!?」

…………おいおいおい。反対しないだの賛成するだの言っておきながら、めっちゃ牽制してるし！

裏でこっそりメイド達に手回ししてたのは知ってるけど、まさか直接言われるとは！

二人がそれを笑顔で言ってるところがまた恐怖だわ!!

「お兄様達……賛成してくれてるのですよね？　なぜそんなことを……」

「賛成するのとこれは別問題だ」

「そうだ！　これはイクスだからとかは関係ない。〝俺達が〟なんとなく気に入らないからダメだ！」

「えええ……⁉」

思わずイクスと無言のまま見つめ合うと、カイザが文句を言ってきた。

「あっ！　もっと離れろ！　見つめ合うのも禁止だ！」

「…………」

カイザめ。私が幸せならそれでいいって言ってたじゃん！　お前が邪魔してどうする⁉

エリックも不気味な笑顔を浮かべたまま言った。

「それから、その手もいい加減離すんだ」

「…………」

イクスとつないでいた手を離すと、兄達は満足そうな顔をした。

まさかこんな状態になるとは……。

ちゃんと報告すれば裏の手回しがなくなると期待してたのに、まさかさらに悪化しちゃうなんて。

部屋に入るのも禁止って、もう簡単にはくっついたりできないのかな……。

ガックリと肩を落としているうちに、屋敷に到着した。エリックとカイザが外に出ようと背を向けた瞬間、イクスにグイッと腕を引かれる。

振り返ると、イクスが私の頬にキスをしてきた。

「⁉」

少年のようにニヤッと笑ったイクスに、一瞬で心を掴まれてしまう。

また不意打ち……！

しかも、見られてないけどエリック達のすぐ後ろでしてくるなんて！

なんなの……カッコよすぎるんですけど……。

兄達の邪魔が入って前途多難になってしまったけど、それでもイクスとの今後を考えるとワクワクしてしまう。

これからも私達らしく、一緒に過ごしていきたい。

……まずはこっそり会う計画からたてるとしますか。

イクスと二人、こっそり笑顔で見つめ合ってから馬車を降りた。

《了》

あとがき

こんにちは、菜々です。

この度は三巻をお手に取ってくださりありがとうございました。

三巻ではとうとうサラとの決着がついたり、リディアの恋心が動いたりと、かなり読み応えたっぷりな内容になっているかと思います。

実は内容だけでなく、実際にページ数もとても多いです！　文字数ギリギリまで書かせていただきました！

最後まで読んでくださり本当にありがとうございます。

悪役でありながらどこか憎めないサラとの決別はいかがでしたでしょうか。

ずっといがみあっていた二人が、最後の最後にお互い笑顔で別れる――これは最初から考えていたラストでしたが、実際に挿絵で見るとすごく胸にグッときちゃいました。

ひなの先生の描いてくださったサラの笑顔が本当に素敵で……。初めて見た時は泣きました。ラフの段階で泣きました。

ひなの先生、ありがとうございます。

きっと今のサラなら、他国に行っても立派に生活していけるでしょう。

そしてそして、やっっとで結ばれたリディアとイクス。

リディアが最終的にイクスとルイード皇子のどちらと結ばれるのか？　イクスと結ばれてほしい！

ルイード皇子とそのまま結婚してほしい！　とそれぞれの願望があったかと思います。

どちらのご意見もいただきました。イクス派、ルイード皇子派。そして、ありがたいことに『どちらも好き！』というご意見まで。あ、あとはジェイク派という声も。

今回、表紙カバーをリディアとイクスにしたことでネタバレのようになっているのですが、これはわざとです！

昔から当て馬を好きになってしまう私は、やっぱりそっちと結ばれるのかーーと落ち込むこと多々……。そっちと結ばれるってわかって読んでいても、落ち込むものは落ち込みます。

『主人公より溺愛』では、今までリディアの恋心についてはハッキリ書いていませんでした。どちらと結ばれるのかわからないようにしていた分、今回の展開にルイード皇子派の方々には大きなショックを与えてしまうかもしれない……。

そう思い、両想いになったリディアとイクスの幸せそうな表紙にしていただきました。

もしかしてイクスとくっつくの？　と少し念頭におきながら読んでいただけたら……と。伝わっていなかったらすみません！　ネタバレ嫌だったという方もすみません！

それでもリディアとイクスの幸せそうな表情をしたこの可愛い表紙が、私は大好きです！

そして今回、コミカライズの三巻も同時に発売になりました。

私がとっても楽しみにしていたリディアとイクスがウサギ仮面を被る（めっちゃ可愛い！）話や、エリックとカイザのシスコン全開（お兄ちゃんズ最高！）の話や、夜ルイード皇子の部屋に間違えて訪ねちゃう（めっちゃ可愛い！）話など収録された楽しい巻となっております。

カイザ推しのこすも先生が描いてくださったあとがきのカイザが本当に本当にカッコよくて最高すぎるので、ぜひぜひそこもチェックしてください！

私はあまりのカッコよさに叫びました。

『主人公より溺愛』は私が初めて書いた思い入れのある作品ですので、サラとの決着やイクスと結ばれるところまで書かせてくださったサーガフォレストさまには感謝の気持ちでいっぱいです。

素敵なイラスト、素敵なコミカライズに支えられて本当に幸せです。

作品を支えてくださった読者さま、この本の制作に関わってくださった全ての方に、心より感謝申し上げます。

またいつかお会いできますように。

菜々

悪役令嬢に転生したはずが、主人公よりも溺愛されてるみたいです 3

発行
2023年9月15日　初版発行

著者
菜々

発行人
山崎　篤

発行・発売
株式会社一二三書房
〒101-0003　東京都千代田区一ツ橋2-4-3 光文恒産ビル
03-3265-1881

印刷
中央精版印刷株式会社

作品の感想、ファンレターをお待ちしております。

〒101-0003　東京都千代田区一ツ橋2-4-3 光文恒産ビル
株式会社一二三書房
菜々 先生／茶乃ひなの 先生

Printed in Japan, ISBN 978-4-8242-0010-5 C0093
※本書は小説投稿サイト「小説家になろう」（https://syosetu.com/）に
掲載された作品を加筆修正し書籍化したものです。